中學中國語文篇章導讀叢書

古代韻文
導讀

悠悠情思篇

甘玉貞

責任編輯　　　李玥展
美術設計　　　鍾文君

叢　書　名　　中學中國語文篇章導讀叢書
書　　　名　　古代韻文導讀・悠悠情思篇
編　　　著　　甘玉貞
出　　　版　　三聯書店（香港）有限公司
　　　　　　　香港北角英皇道 499 號北角工業大廈 20 樓
　　　　　　　Joint Publishing (H.K.) Co., Ltd.
　　　　　　　20/F., North Point Industrial Building,
　　　　　　　499 King's Road, North Point, Hong Kong
香港發行　　　香港聯合書刊物流有限公司
　　　　　　　香港新界大埔汀麗路 36 號 3 字樓
印　　　刷　　陽光印刷製本廠
　　　　　　　香港柴灣安業街 3 號 6 字樓
版　　　次　　2012 年 7 月香港第一版第一次印刷
規　　　格　　大 32 開（142 × 210 mm）208 面
國際書號　　　ISBN 978-962-04-3202-6

目錄

序

何福仁

漢語詩歌，從風騷（一個是《詩經》，一個是《楚辭》）濫觴，
是中國一大文化遺產。孔子說過：「不學《詩》，無以言。」因為
無論任何場合，大如外交活動，小如讀書人聚會，大家許多時都會
引用《詩》；沒有學過《詩》，會莫知所對，變得啞口無言，又或
者鬧笑話，嚴重的話，甚至會引起外交風波。不妨說，一個沒有詩
歌的民族，多少是形而上的啞巴，許多的想像力、感受力，以至表
情達意的能力像關閉的窗口，並沒有開放。而且，詩有各種各樣的
功能，孔子認為可以興、觀、群、怨，對個人對群體，都大有裨益。

漢代以後，由於武帝獨尊儒術，於是先秦時代留下來的三百多
首詩成為經，《詩經》成為六經之一，在學官裏是必修科，是學生
入學所必讀，於是也是讀書人所必懂。把《詩》當作「經」，自然
是偏離，但文學藝術純粹而獨立的生命，要到魏晉南北朝才誕生。

唐代開科取士，主要為「進士」和「明經」兩種，進士考詩賦，
考的是寫詩作賦的才華，明經是對儒家經典的研究，考的是做學問
的工夫。年輕而學問有成者，甚少；年輕而表現創作才華者，卻並
不少，所謂「三十老明經，五十少進士」。不過整個唐代的氛圍，

偏重的是進士科，許多宰相高官，都從進士出身。所以唐代出現許許多多的詩人，許許多多傑出的詩作，從此也奠定中國成為詩的民族。讀詩、寫詩成為讀書人的生活，而且是很重要的生活。不要以為專志創作就不用讀書，要寫好詩，也必須讀詩，至少得從詩裏學習、改進。

宋初沿襲唐制，仍重視進士科，甚至稱進士科為宰相科。稍後進士科除了考詩賦，也兼考儒家經義問題，稱為「墨義」。不過宋朝因外患深重，加上內爭，考科改來改去，時有要求考試內容要切合時局的批評。但這畢竟是個重文輕武的朝代，讀書人都會寫詩，好歹不論，詩的內容是更加開闊了，甚麼都可以成為詩的題材。

元朝興起雜劇、散曲，其實也是廣義的詩。明清以後考八股文，以朱熹的「四書」為教科書，必須以此作標準的答案，那是一種墮落。這朝代好像不用考作詩了，但讀書人多少也會作詩，即使宋明的理學家，也仍然可以寫出一些好詩。清代文字獄很可怕，讀書人的心力都轉向古書的考據，結果做出極好的成績；我們現在讀古書，得到他們極大的助益。明清在創作方面最大的成就當然是小說，這時期的小說，如果有諾貝爾文學獎，至少可以取得五、六個。但明清人也沒有完全忘記詩。詩始終是我們的傳統，偉大的傳統。

五四以後打倒舊文學，打倒的是舊形式的文學。胡適等人最先嘗試創作的新形式作品，仍然是詩。新文學運動最大的突破，也是最艱難的突破，其實是打破多年來詩的形式。詩和歌從此分家。想來詩人善感，詩，無論古今中外，一直擔當革命的先鋒。不過冷靜下來，好詩原來是打不倒的。對壞詩人，它永遠是包袱，把這個人

壓死；對好詩人，卻是源泉，是挑戰，讓他上路時裝備得更好，更新鮮。

　　上面簡略地回溯一下中國古典文學裏詩歌的發展、地位。想說明的是，詩既是中華文化一大資產，源遠流長，今天的教育家講通識，則不識詩，怎會通？今人不學詩，不敢說不會言，但學了詩，包括《詩經》之外廣義的詩，應該更能言，說話更有分寸。試舉一例，兩天前聽電台廣播，一位主持講甚麼影星的緋聞，說「君子好逑嘛！」把「好」字唸成「愛好」的「好」，當作動詞；「逑」則當作「追求」的「求」，——事實上，這是許多人的讀法、解法。於是好色之徒就有了「君子」這個擋箭牌。豈知《詩經・關雎》這個「好」字是美好之好，是形容詞；逑，是配偶。連上句，意思應該是：窈窕的淑女，是君子的佳偶。

　　對並非從事創作的一般人，讀一點古典詩，也有好處，就當是語文上美感經驗的旅程吧！這旅程，一個人成行，隨時出發，隨時歸來，去來悉聽尊便，而只需用看炒作影星名流緋聞雜誌不到十分之一的時間，每次回來，就多一分文化素養。在這個膚淺輕薄的社會、這個物質化的年代、這個中文教育相當失敗的時刻，這種素養，令人昇華，非為炫耀，卻可令有識者刮目相看。如果你把道聽途說影星名流真真假假的緋聞當作是一種文化素養，那就沒有辦法。影星名流真真假假的緋聞正是專為你這種人炮製的。

　　甘玉貞這本書，編選的都是詩歌。這些詩歌，都是中國詩歌的精粹，經過時間的考驗，其實也大都是我們一輩青少年時代學習過的作品，那是我們的共同記憶。我還記得小時候，兄姊教我誦讀《木

蘭辭》、《長恨歌》等詩，要自己一筆一畫把詩抄在四方格的習字簿上，許多句子我並不明白。我懷疑兄姊也未必透徹地明白，但不打緊，知道大概就行了，把背後的甚麼懸置，先感受詩歌那種音樂性、那種變奏的趣味。這成為我兒童時代美好的記憶之一。許多兒歌，如果都要弄明白歌詞，是否要折磨兒童？

香港近年由於教改，再無指定範文，——範文也許不必指定，但如果讀的考的偏重語文的功能性，把詩文割裂，學的是甚麼修辭、語法，彷彿把中文的學習變成外語，那是捨本逐末。禮失而求諸野，這本書，編選完整，加上註釋、導讀，年輕學子既可自學，又可當作課外的參考書。甘玉貞是資深的語文工作者，曾長期擔任中國語文教科書的主編，對香港語文的學習，如魚飲水，甚有心得。

對閱讀本書的年輕人，我只有一個建議：趁年輕，細讀之餘，把這些經典背誦，能背多少就多少，因為是韻文，較易記誦。在反復誦讀裏，可以和屈原、李白、杜甫、陶淵明等大詩人同悲同喜，並且融入他們各具個性的吟誦節奏。

前言
——進入篇章的生命

自從香港教育當局指定學生要取得中學會考合格證書，中國語文科必須合格後，這個科目才受到學生和家長的重視。從前中國語文科是考一些指定篇章，學生覺得只要努力背書，要取得合格並不困難；而這一科也常被人詬病只教學生死記硬背，沒有實際作用。從 2007 年的中學會考開始，中國語文科考試取消了指定篇章，學生和家長都怕得要死：沒有筆記可背，篇章可能從未見過，怎樣溫習？古文尤其頭疼，就像外星語言一樣。近年要補習中文的學生越來越多，可是成效不大。補習名師標榜的只是如何「貼中」題目，學生的語文能力並沒有因此提高。

回想我唸高中時，老師教的全部都是古文，只有兩篇語體文，印象中是胡適和梁啟超的文章，都是那種剛進入五四年代很難啃的語體文。那時老師不怎麼教分析篇章，只串講一下便算了，不過每篇古文都要我們全篇背默。我們為了在公開試爭取好成績，只有自己不斷拿篇章細嚼，以期滾瓜爛熟，便不怕考試時試題如何變化了。

當時唸中文科，雖然課堂比較沉悶，但所讀篇章都深深印在我的腦海裏，並不覺得枯燥或抗拒。其中有幾篇動人的作品，至今忘不了，還可背誦其內容。《詩經·東山》反復詠歎，意境淒迷，卻又哀而不怨。《贈白馬王彪》對手足相殘抒發深沉的哀怨，以無比高超的文字技巧細細道來，令人不禁同聲一哭。常聽聞李白豪邁瀟灑，到朗讀其詩《宣州謝朓樓餞別校書叔雲》，才真正感受到那種豪氣。《留侯論》開篇便說：「……天下有大勇者，卒然臨之而不驚，無故加之而不怒，此其所挾持者甚大，而其志甚遠也。……」後來在我遇到人生的大挫折時，這幾句常浮現在我腦海中，給了我很大的支持。

到我當了教師，教高中中國語文，課程已改變。可能大家認為古文與時代脫節，所以大幅刪減，加入很多五四時代的語體文。讓學生多讀些現代文學作品是好的，但我總覺得所選篇章不夠好，常有新不如舊的感覺。學生的反應也是新不如舊，指定範文後來轉換了幾次，學生對篇章的興趣卻越來越低，甚至達到厭惡的程度。後來大家都認為指定篇章只會令學生死背書，到 2005 年，索性取消所有指定篇章，改為像第二語言學習那樣，只訓練讀寫聽說的技能。如此一來，學生更不明白為甚麼還要讀古人的作品。這些千百年前的東西，所用語言跟我們大大脫節；時代已改變，王侯將相都沒有了，還讀這些東西作甚？難道我們還會用古文來說話和寫作嗎？

中國人讀中國語文科，確實不應跟學英文或其他第二語言一樣。中文是我們的母語，我們不需要到學校學習如何發音和聽明白別人的說話，也不單要學會寫實用文；我們是要從語文的學習中得

到文化的承傳。一個民族的文化，靠她的語言和文字流傳下來。中國文化近年愈來愈受到重視，我們從哪裏得知這五千年的燦爛文明？大部分是從歷代文獻中得知。每當學生問我「為甚麼還要讀古文」，我就告訴他們：幾千年來中國人的所思所想、所作所為，都在這些作品裏，它們是中國文化的結晶；尤其經過幾千年的積累和篩選，留下來的都是精品中的精品，當然值得後人細讀了。

中國歷代都有不少好作品，是作者生命的表現，是那個時代的呼聲，只要深入細嚼，便能讀出個味道來。可惜現在學生既無心去讀，學校老師也教不得法。現在中國語文課程中偏向第二語言的教學指引，左右教科書的編法和老師的教法，常要把篇章拆解：結構是甚麼，用了甚麼手法，用了哪些修辭。這當然有助理解篇章的寫法，但拆解過甚，似乎把篇章當成了供解剖用的屍體，已沒有生命。正因如此，這些成為教材的篇章不再感動人心，不再被看為作者個性的表現，不再作為一個時代的呼聲。大家常說現在的學生語文能力太差，不能自行看懂篇章；但正確點來說，這不是能力問題，是這些篇章的內涵從來沒有進入他們的生命裏面。如不能直指人心，讓學生真正喜愛這些篇章，從字裏行間受到各種生命的感動，令他們渴望以同類手法去表達自己，他們的語文能力終究不會改善。

《中學中國語文篇章導讀叢書》讓大家從一些推薦篇章開始，細味歷代作者的生命印記。叢書第一輯是「古代韻文導讀」，編者挑選中國歷代有代表性的韻文作品數十篇，加入「註釋」和「導讀」，讓大家瞭解每篇作品的內容及其可觀之處。我們讀古代作品時首先要知道作者在說甚麼。其實古人並非特別喜歡用艱深字詞寫

作，只是由於語言變異，我們今天看古代作品，好像是另一個世界的東西。有了註釋的幫助，便可解決大部分問題。第二要理解作者寫作時的心態。作者的所思所寫與他的性格和際遇很有關係，如我們先瞭解背景，就更容易進入他的生命。我們讀篇章，不要把它當作一堆文字、一件死物，而應看作一個人的心聲。時代和生活環境雖然改變，但人的感情，喜怒哀樂，仍是千古共通的。書中所選作品，由先秦時代開始，按時序編排，直到清代。大家從頭讀起，也可以對中國文學的發展進程有一個大概的認識。

希望大家花一些時間細讀古代作品，瞭解中國古代讀書人的情懷，更可擷取這些作品所盛載的文化內涵，繼而承傳下去。

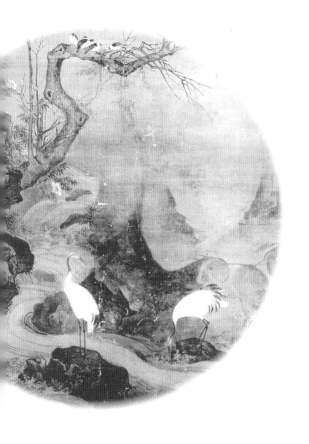

追求淑女的情歌
——《詩經‧關雎》

詩經‧周南‧關雎

關關雎鳩[1]，在河之洲。窈窕[2]淑女，君子好逑[3]。

參差荇菜[4]，左右流之。窈窕淑女，寤寐[5]求之。

求之不得，寤寐思服。悠哉悠哉，輾轉反側。

參差荇菜，左右采之。窈窕淑女，琴瑟友之。

參差荇菜，左右芼[6]之。窈窕淑女，鐘鼓樂之。

註釋

1　**雎鳩**：一種美麗的鳥，在水上捕魚，所以也叫魚鷹。據說這種鳥，雌雄游憩都在一起，樣子很親密，但卻不亂配，像人類的一夫一妻制一樣，是鳥類中堅貞者。

2　**窈窕**：幽靜美好的樣子，美心為窈，美狀為窕。

3　**好逑**：美好的配偶。

4　**荇菜**：水生植物，即「莕」，根生水底，葉浮水面，嫩葉可作菜吃，所以稱「荇菜」。荇（xìng），粵音幸。

5　**寤寐**：時睡時醒，意指「日夜」。寤，睡醒。寐，入眠。寤寐（wù meì），粵音悟未。

6　**芼**：採摘。芼（mào），粵音冒。

導讀

　　中國的詩歌在歷史上佔有重要的地位，在很長時間中都是主流的文類，有些朝代甚至以詩歌取士，例如唐代。現在存世的最早中國詩歌結集稱為《詩經》，很多人都聽過這個名稱，但因年代久遠，語言變異，其中內容不易明白，所以真正讀過《詩經》的人不多。

　　《詩經》是周代至春秋時代之間的詩歌，真正作者已不可考，由當時的樂官收集整理，作為國君體察民情及宮廷演奏之用，當時只稱為「詩」，很多貴族都會學習來美化自己的語言。後來孔子為自己的學生編選了六部教材，「詩」是其中之一，大約有三百篇。到了漢代獨尊儒術，就把孔子所選教材奉為經典，稱為「五經」（六部教材的「樂」已失傳），為士人必讀，這部詩歌集也就成了《詩經》。

　　《詩經》分「風、雅、頌」三類。「風」是各諸侯國的民歌，

分為「十五國風」，由王室派人去收集，稱為「採風」。「雅」是正聲雅樂，也就是天子諸侯朝會或貴族宴饗時的樂歌。「頌」是祭祀用的樂曲。

《關雎》是《詩經》的第一首，屬於十五國風的「周南」，採自周王都城南面的地方。這首詩在《詩經》中最為人熟悉，尤其開頭四句，經常被人引用。這首詩寫一位君子對美好女子的思慕和追求，是很真摯生動的情歌。

《詩經》的詩以四言為主，句式非常整齊，這首詩也不例外。一般認為全詩分為三章，第一章四句，由在河邊的水鳥引起話題。雎鳩是一種有固定配偶的水鳥，雌雄常在一起，用來借喻美好的男女關係。這裏用了比興手法，由雎鳩帶出詩中男主角喜歡了一個形貌娟好的淑女，想追求她。「比」和「興」是《詩經》作品裏兩種常用的寫作手法，「比」是「比喻」，「興」是「興起」，以另一相關事物引起要說的主題。第二章八句，寫男主角的相思之苦。詩中先寫水裏的荇菜，有人解釋為該名女子是在水邊採荇菜的姑娘，但也有人解釋為這也是比喻，指左右流動的荇菜，就像女子捉摸不定的心。男主角對這位窈窕淑女日思夜念，以致茶飯不思，無心做事，夜裏又睡不着覺，輾轉反側。這是對熱戀中男女心情的生動描寫，很純真直接。第三章八句，「琴瑟」、「鐘鼓」都是行禮時用的樂器，男主角想像最後能與這位淑女結成眷屬，陶醉在幸福快樂的憧憬中。

這詩句式十分整齊，全詩分三章共二十句，每句四言，部分句子押韻。像第一章的一、二、四句「鳩」、「洲」、「逑」押韻，

便很像後來的詩歌押韻規律。詩中又用了很多雙聲疊韻詞，如「參差」、「窈窕」、「輾轉」，疊音詞如「關關」，使詩歌唸起來（或唱起來）鏗鏘悅耳，加強詩歌的韻律效果。

這是一首表現率真感情的民歌，寫對愛情的追求十分直接，在後世詩歌中反而少有這類作品。由於這首詩的廣泛流傳，後世把男女之間的相戀愛慕，以致結合稱為「共賦關雎」；而「窈窕淑女，君子好逑」兩句，則成了人們琅琅上口的熟語。

《詩經》成為「經」以後，常被歷代學者加入不同的詮釋，為政治服務。像漢代版本《詩經》的「詩大序」中，說「《關雎》，后妃之德也，風之始也，所以風天下而正夫婦也」。把詩的主旨說成「后妃之德」，似乎扯得太遠了。其實當我們直接從詩歌文字體會作者的情意，把這首詩看作一首純真、有趣的情歌，它的可讀性更高。

浪漫瑰麗的祭歌
——屈原《山鬼》

九歌·山鬼
屈原[1]

若有人兮[2]山之阿[3]，被薜荔兮帶女蘿[4]。既含睇[5]兮又宜笑[6]，子慕予兮善窈窕。乘赤豹[7]兮從文狸[8]，辛夷車[9]兮結桂旗[10]。被石蘭[11]兮帶杜衡[12]，折芳馨兮遺[13]所思。

余處幽篁[14]兮終不見天，路險難兮獨後來。表獨立兮山之上，雲容容[15]兮而在下。杳冥冥[16]兮羌[17]晝晦，東風飄兮神靈雨[18]。留靈修[19]兮憺[20]忘歸，歲既晏兮孰華予[21]？

采三秀[22]兮於山間，石磊磊[23]兮葛蔓蔓[24]。怨公

子兮悵忘歸，君思我兮不得閒。山中人兮芳杜若[25]，飲石泉兮蔭松柏。君思我兮然疑作[26]。

雷填填[27]兮雨冥冥，猨啾啾[28]兮又夜鳴。風颯颯兮木蕭蕭[29]，思公子兮徒離憂[30]。

註釋

1. **屈原**：名平（約前 340- 約前 278），字靈均，楚國丹陽（今湖北秭歸）人。戰國末期楚國貴族，因屢遭排擠，最後投江而死。是中國已知的最早著名文學家，被譽為偉大的浪漫詩人，創立「楚辭」文體。

2. **兮**：文言助詞，相當於「啊」或「呀」，用於句中或句末。

3. **山之阿**：山坳，山的彎曲處。阿（ē），粵音柯。

4. **被薜荔兮帶女蘿**：被，同「披」。薜荔，植物名，又稱木蓮，常綠藤本，蔓生，葉橢圓形，花極小，隱於花托內。女蘿，植物名，即松蘿，多附生在松樹上，成絲狀下垂。薜（bì），粵音幣。

5. **含睇**：含情而視。睇，微微地斜視貌。睇（dì），粵音體。

6. **宜笑**：笑得很美。

7. **赤豹**：皮毛呈赤褐色的豹。

8. **從文狸**：從，跟從。文，花紋。文狸，毛色有花紋的狸貓。

9. **辛夷車**：以辛夷木為車。辛夷屬木蘭科，落葉喬木，高數丈，木有香氣。

10. **結桂旗**：結，編結。桂旗，以桂為旗。桂是常綠小喬木，開白色或暗黃色小花，有特殊的香氣，供觀賞，也可做香料。

11. **石蘭**：香草名，蘭草的一種。

12. **杜衡**：香草名，有地下根莖，冬至春天開暗紫色小花。

13. **遺**：贈送。遺（wèi），粵音惠。

14. **幽篁**：幽深的竹林。

15. **容容**：即「溶溶」，水或煙氣流動之貌。

16. **杳冥冥**：又幽深又昏暗。杳（yǎo），粵音秒。冥（míng），粵音明。

17. **羌**：語助詞，無義。

18 **神靈雨**：神靈降下雨水。

19 **靈修**：有靈智遠見的人。有説比喻國君。

20 **憺**：安逸、安適。憺（dàn），粵音淡。

21 **華予**：讓我像花一樣美麗。華，同「花」。予，同「余」，我。

22 **三秀**：靈芝草的別名，傳説服食了能延年益壽。靈芝一年開花三次，因此又稱「三秀」。

23 **磊磊**：眾多堆積貌。

24 **蔓蔓**：滋生、延展貌。

25 **杜若**：香草名。多年生草本，葉廣披針形，味辛香。

26 **然疑作**：信疑交加。然，相信。疑，懷疑。作，起。

27 **填填**：形容聲音很大，這裏指雷聲。

28 **猨啾啾**：猨，同「猿」。啾啾，淒切尖細的叫聲。啾（jiū），粵音周。

29 **蕭蕭**：草木搖落聲。

30 **離憂**：遭受憂愁。離，同「罹」。

導讀

在中國文學史上，有兩部地位極其重要的詩集，對後世的文學發展有重大影響，就是《詩經》與《楚辭》。《詩經》被視為「經典」，它的地位不單是文學上的，也有濃厚的政治作用。《楚辭》在後世與《詩經》並列，它沒有太多政治色彩，後世多從文學角度去欣賞它。

《楚辭》是現存最早有名有姓的個人創作詩集，是戰國時代楚地的詩歌，主要作者是屈原。屈原是楚國的大夫，他的故事我們早有聽聞，最著名當然是他的愛國熱忱，為了楚國的敗亡而投江自盡。屈原在投江前經歷過一段很長的被放逐時期，感到「忠而被謗，信而見疑」，鬱鬱不得志之餘，寫下不少優美的詩篇，抒發自己的哀

思。後世很多在政治上遭受挫折的士人，都效法他以筆抒解自己的鬱結，所謂「文窮而後工」，造就很多偉大的作品。

《山鬼》是屈原所作《九歌》其中一篇。《九歌》原是南方的祭神歌，有很久遠的歷史，有說屈原在長期流放生涯中，接觸到民間的祭祀歌曲，在舊的樂曲填上新詞，並作藝術上的潤飾，寫成這組詩歌。《九歌》共有十一篇，祭祀十種神靈，分別有天神、地祇和人鬼，《山鬼》是其中第九篇，是祭祀山鬼的祭歌。「山鬼」即一般所說的山神，因為未獲天帝正式冊封在正神之列，所以仍稱「山鬼」。楚國神話中有「巫山神女」的傳說，清代顧成天認為本篇所描寫的「山鬼」就是「巫山神女」，現代不少人採納這種說法。

詩歌開始，一個美麗的身影若隱若現在山坳間出現。她身披蔓生植物，含情微笑，坐着以香木造成的車子，插上帶香氣的桂旗，由赤豹牽引，花狸跟從，帶了芬芳的鮮花要送給思念的人。因為路途險阻，她遲到了，看不到所思念的人。她獨自在山上佇望，在雲霧彌漫的幽暗山間尋找，風起雨降之下仍不放棄。可惜等待的人仍沒有到來，她想：當歲月流逝，自己的美麗仍可保留嗎？既等不到思念的人，她在堆積亂石和長滿葛藤的山間徘徊，採集靈芝。她想像所等待的人也是想念自己的，只是事忙沒有應約。這個山中人像香草般高潔，她喝石間泉水，在松柏下休息。她又患得患失地想：等待的人是否真的也想我呢？夜幕降臨，天氣變得更壞，雷雨大作，猿猴啼叫，風聲颯颯，樹木搖落，山中人只能在這淒冷的環境中思念傾慕的人，獨自憂傷。

《山鬼》採用內心獨白的方式，塑造了一位美麗、率真、癡情

的女性形象。其中很多富想像力的描寫，表現出浪漫瑰麗的情調和畫面。近年學者考究楚地古代祭祀方式，是由巫師裝扮成鬼神，請神降臨祈福。於是有人認為《山鬼》全篇都是巫女扮山鬼的自白，描述了請神不遇的過程。詩中美女既是現實中的巫女，又是傳說中的林中女神山鬼。全詩將幻想與現實交織在一起，山林景色的豐富多彩和變化多端更使人目眩。

相對《詩經》的質樸，《楚辭》的句子結構較豐富，用字較考究。《山鬼》的句式齊整，除了「余處幽篁兮終不見天」一句，所有句子都是七言。用長句子，節奏便較舒緩，所流露的感慨也顯得沉重。《楚辭》表現南方的特色，其中有很多楚國的物產和用語。《山鬼》每句都有一個「兮」字，就是楚國常用的助語詞，它放在每句的中間（第四個字），使語氣舒緩慢長，起「一唱三歎」的作用，使感情得到更充分的抒發。

詩中出現了很多植物，如薜荔、女蘿、辛夷、桂、石蘭、杜衡、杜若等，都是楚地的物產，而且很多帶有香氣。「美人」「香草」是屈原作品中常有的題材。有人認為《山鬼》是屈原借美人香草來寄託賢者不見用於君主的作品。宋代朱熹更把詩中人物和細節對號入座，指山鬼就是屈原，他等待的戀人是楚懷王；山鬼身披香草，是「自明其志行之潔」，她容色美麗，是「自見其才能之高」。不過，這樣具體地配對，未免把這優美的詩篇說得過於死板。詩人往往在作品中寄託自己的感情，屈原在看到這些祭神儀式和聽到祭歌後，把自己的哀思投射在筆下人物身上是有可能的，但不一定是相等於現實中某個人物。

《山鬼》本是祭祀歌曲，經屈原改寫後，把神靈人性化，已變成一首愛情怨曲。詩中描述對所傾慕之人的渴求，等待的患得患失，不遇的落寞哀愁等，是千古不移的人類感情。把這首詩看作一首浪漫的愛情經典作品，它的生命力也就更持久，感染力也可長存。

歌頌女子的民謠
——《陌上桑》

漢樂府·陌上桑

日出東南隅，照我秦氏樓。秦氏有好女，自名[1]為羅敷。羅敷善蠶桑，採桑城南隅。青絲為籠系[2]，桂枝為籠鈎。頭上倭墮髻[3]，耳中明月珠；緗綺[4]為下裙，紫綺為上襦[5]。行者見羅敷，下擔捋髭鬚。少年見羅敷，脫帽着帩頭[6]。耕者忘其犁，鋤者忘其鋤，來歸相怨怒，但坐觀羅敷。

使君[7]從南來，五馬立踟躕[8]。使君遣吏往，問是誰家姝？秦氏有好女，自名為羅敷。羅敷年幾何？二十尚不足，十五頗有餘。使君謝[9]羅敷，寧可共載不？

羅敷前致詞，使君一何愚！使君自有婦，羅敷自有夫。

　　東方千餘騎，夫婿居上頭。何用識夫婿，白馬從驪駒[10]。青絲繫馬尾，黃金絡馬頭。腰中鹿盧劍[11]，可值千萬餘。十五府小史，二十朝大夫，三十侍中郎，四十專城居[12]。為人潔白皙，鬑鬑[13]頗有鬚。盈盈公府步，冉冉府中趨。坐中數千人，皆言夫婿殊[14]。

註釋

1　**自名**：自道其名。

2　**籠系**：桑籃上的絡繩。

3　**倭墮髻**：狀如堆雲而下墮的髮髻。倭（wǒ），粵音 woz。

4　**緗綺**：緗，杏黃色。綺，有花紋的細綾。

5　**紫綺為上襦**：襦，短襖。指上身穿着紫綾的短襖。襦（rú），粵音如。

6　**帩頭**：即「綃頭」，也叫「綃紗」。古時男子束髮，帩頭就是用以束髮的紗巾。古人束髮以後再加冠，帽子大約是戴在帩頭之上的。

7　**使君**：漢時稱刺史和太守為「使君」。此處未必確指，只是說有一位大官而已。

8　**五馬立踟躕**：五馬，指使君乘坐的車套着五匹馬，極言其儀從之盛。踟躕，指使君的車停止不進。踟躕（chí chú），粵音遲廚。

9　**謝**：告、問。

10　**驪駒**：純黑的馬。

11　**鹿盧劍**：古時的一種長劍，劍柄上用玉來雕刻成井上的轆轤的形狀。

12　**專城居**：專居一城，為地方大員，如刺史、太守之類。

13　**鬑鬑**：鬍髭很長的樣子。白面長髭是當時男性美的標準。鬑（lián），粵音廉。

14　**殊**：特殊，秀異出眾，含有尊貴的意思。

導讀

　　詩歌在周代以至春秋時代的地位很高，甚至成為諸侯間酬答的用語，但經歷了戰國以至秦代，因政局動盪，戰事頻仍，民不聊生，已很少詩歌作品。到漢代天下一統，人民生活較為安定，詩歌創作又再蓬勃起來。先秦時代的《詩經》和《楚辭》，至漢代分別發展為不同的文學體裁。《楚辭》的鋪張揚麗風格發展為「漢賦」，不過已失去屈原發抒一己憂憤的特色，轉而為歌頌盛世的華麗作品。漢武帝獨尊儒術，讀書人都致力鑽研儒家經學和寫作歌頌盛世的漢賦，《詩經》傳統的歌詠質樸感情作品已很少在上層文人中出現。不過漢代並非沒有可讀性高的詩歌，這些詩歌其實都來自民間，作者已不可考。西漢初期，朝廷設置官署掌管音樂事務，名為「樂府」。在漢武帝時代，這官署有一個特別任務，就是仿效《詩經》的「採風」傳統，收集各地的民歌。這批收集得來的民歌，被後世稱為「漢樂府詩」。

　　漢代的樂府詩秉承《詩經·國風》的傳統，表現了當時人民的生活狀況和思想感情，富有生活氣息。這些詩多是敘事詩，像說故事一樣，寫出一般人民的生活情狀，也表現了作者對當時社會和政治的看法。其中包含了那個時代的苦與樂、愛與恨、對生與死的人生態度，也有對國家政策的評論。這裏介紹其中一首代表作《陌上桑》，寫一個採桑女子的故事，又稱為《豔歌羅敷行》。全詩的戲劇效果很強，更帶有喜劇感。

　　《陌上桑》屬於「相和曲」，按樂章可分為三大段。詩的第一

段介紹女主角出場，更着力描寫她的勤勞和美麗。詩的開頭不直接寫人，卻由日出寫起，像一個導演運用他的鏡頭，從天空的東南角開始，移到一座秦氏人家的樓房。然後引領讀者的視線穿堂入室，看到裏面的一位好女子。這位女子有名有姓，是秦氏女，自名為羅敷。中國古代女子地位低微，即使在文學作品中寫到女性，也大多是無名無姓，像這裏所寫較為罕見，也可見作者對這位女子的重視。這裏先寫羅敷「善蠶桑」，也就是養蠶織布，而且自行到城南一角去採桑。可見這位女子並非深處閨中，而是喜歡工作，活潑而勤勞。

詩的下面寫羅敷的美麗，但並沒有直接寫她的面貌和身形，而是用了襯托的手法去凸顯她的美麗。先寫她用來採桑的籠子，都是用上好的材料來做。然後寫她頭上的髻、耳戴的首飾、所穿的衣着都十分講究，可見她並非尋常農家的荊釵裙布女子。最有趣的是當羅敷走在路上，其他人對她的反應。挑擔的人放下擔子，只顧捋着鬚看她；少年連忙整理帽子頭巾，希望羅敷能看自己一眼；耕田鋤地的人都忘了手中工具，停下來看她。羅敷並沒有與這些人交談接觸，已令他們神魂顛倒，可見羅敷的吸引力有多大。

第二段寫的是一段獵豔被拒事件。羅敷的美貌不僅吸引了一般平民百姓，也吸引了遠道而來的官員，令他立刻展開追求。詩中所寫的「使君」，是古代對長官的尊稱，他的座駕有五匹馬，可見地位不凡。他看到羅敷時也驚豔不已，勒馬駐足觀看，並派使者前去查詢羅敷的身世和年歲，羅敷一一回答。使君更進一步前來與羅敷搭訕，請她登上自己的座駕同遊。羅敷卻一口拒絕邀請，並不客氣地說使君的做法不明智，因為使君已有妻子，羅敷已有丈夫。

　　古代官宦人家，有妻子的再去追求其他女子是很普通的事，有權有勢的人也不怕搶奪他人的妻子。因此羅敷除了直斥其非，還要有一套應付的方法。於是她向使君不斷誇耀自己的丈夫，這就是詩的第三段樂章。她口中的夫婿氣派非凡，單看他騎的馬以黃金裝飾，腰中寶劍價值連城，已知他的身份高貴。他十五歲已開始當官，到現在官位已不小；而且相貌英俊，風度翩翩，人人對他稱頌。羅敷極力誇耀丈夫的用意很明顯，是向使君表示不要隨便打自己主意，因為自己的丈夫比使君更有地位，外貌風度也更好。詩歌到這裏便完結，並沒有寫使君的反應，但讀者再想像下去，也可意會使君應是灰頭土臉地離開了。

　　《陌上桑》全篇五十三句，每句五言，共二百六十五字。雖說這詩的主題是歌頌羅敷的美麗與智慧，描寫她反抗好色的官員，但從題材的選擇，明顯看到與《詩經》那種浪漫愛情詩篇有所不同，對女子的要求是恪守禮教，從一而終，配合當時的正統道德觀，可見社會形態的轉變。

　　與《詩經》相比，漢樂府詩在內容及表現手法上更豐富多彩，主要有雜言體和五言體。《陌上桑》是整齊的五言詩，而且有人物刻畫，有故事情節，結構完整，手法純熟。這些漢代敍事詩成為詩歌其中一個主流，影響了後世詩人多有仿效。五言詩也逐漸取代《詩經》的四言體，成為中國詩歌的主要體裁。

知音者稀的感傷

—《西北有高樓》

古詩十九首 [1] · 西北有高樓

西北有高樓，上與浮雲齊；交疏結綺窗 [2]，阿閣三重階 [3]。

上有絃歌聲，音響一何悲，誰能為此曲？無乃杞梁妻 [4]。

清商 [5] 隨風發，中曲正徘徊 [6]；一彈再三歎，慷慨有餘哀 [7]。

不惜歌者苦，但傷知音稀！願為雙鴻鵠 [8]，奮翅起高飛。

註釋

1　**古詩十九首**：東漢年代的五言組詩，為南朝蕭統從傳世無名氏「古詩」中選錄十九首編入《昭明文選》而成。

2　**交疏結綺窗**：交疏，一橫一直的窗格子，指窗的結構精緻。結，張掛。綺，有花紋的絲織品。結綺，張掛着綺製的簾幕，指窗的裝飾華美。

3　**阿閣三重階**：阿閣，指樓閣四面有曲簷。三重階，指樓閣建在三層臺上。這裏描寫的是古代最考究的宮殿式的建築。

4　**無乃杞梁妻**：無乃，大概。杞梁妻，春秋時代齊國杞梁的妻子。杞梁戰死，其妻孤苦無依撫屍痛哭，哭倒城牆，待其夫下葬後，投水而死。這裏指在高樓裏彈奏「音響一何悲」的曲調的，大概是像杞梁妻一樣有深長悲哀的人吧。

5　**清商**：樂曲名，曲音清越，宜於表現哀怨的情緒。

6　**中曲正徘徊**：中曲，指奏曲的當中。徘徊，來往走動的樣子。這裏借以形容曲調的往復縈迴。

7　**慷慨有餘哀**：慷慨，情緒激動高歌。餘哀，指歌者的悲哀，不會隨樂曲的終止而停止。

8　**鴻鵠**：鳥名，有說即天鵝，常用以比喻志向遠大的人。鵠（hú），粵音酷。

導讀

　　漢樂府詩以民歌形式為主。到東漢末年，詩歌逐漸形成固定的五言體裁，中國詩歌形式漸趨成熟，其中代表作有《古詩十九首》。這一組詩歌的作者已不可考，是由南朝蕭統編選當時傳世的古詩十九首，收入《昭明文選》之內，統稱為《古詩十九首》。後人從詩中表現的感情、所反映的生活和寫作的技巧，總結認為這些詩歌應是東漢末年（約 140 － 190）的作品。而且，這些作品與樂府民歌有別，應出自文人手筆，甚至有傳部分出自文學大家枚乘。《古

詩十九首》原無詩題，後世習慣上以詩的首句作為標題，像這裏所選的《西北有高樓》，還有《行行重行行》、《青青河畔草》、《生年不滿百》、《涉江采芙蓉》等。

《西北有高樓》寫詩人路過西北面的一座高樓，聽到有人彈奏悲傷的曲調，引起自己的一番感觸。詩歌分為三部分，前四句寫歌者所在之處，接着八句寫歌聲的悲哀，最後四句寫聽者的感慨。

詩的開始出現一座巍峨華麗的高樓。這座樓「上與浮雲齊」，一方面表示其「高」，另方面也有可望不可即之感。高樓有結構精緻的窗格，裝飾華麗，顯然並非尋常人家。下句寫高樓建在三層台階之上，四面有曲簷，更可能不是民居，而是宮殿式的建築了。詩人來到這座樓前，是因為「上有絃歌聲」，他被歌聲吸引而在樓下駐足傾聽。高樓上傳出的並非歡樂的歌聲，而是十分悲傷的曲調。到底是誰發出這悲傷的歌聲？歌者又為何這麼悲哀呢？詩人自己猜想，歌者大概是和杞梁妻一類的人物了。這裏顯示歌者可能是貴族階級的女眷，她的悲哀不是一時的，而是一種長久、難以解決的深長悲哀。詩人再以四句形容所聽到的歌聲。那是幽怨的清商曲，曲調往復縈迴，歌者一彈再三歎，激動高歌。當樂曲完結，歌者的哀怨彷彿仍未終止。下面詩人寫自己聽到歌聲，生出另一番感慨：「不惜歌者苦，但傷知音稀！願為雙鴻鵠，奮翅起高飛」。他並不是從音律的角度去感受歌曲的哀怨纏綿，而是通過音律進一步體會到樂曲的內在涵義和歌者的心情。他由此想到世間知音難尋，有誰能像他從歌聲中瞭解歌者的心聲？最後他希望與歌者一同化為鴻鵠，奮翅起飛，一展抱負。詩人的感慨似乎是夫子自道，表示自己同樣有

難解的哀愁，找不到知音。

從詩中最後四句，可見詩的重心不在敍事，而是借聽曲抒發自己「傷知音稀」的感慨。有論者指出，詩中所寫的高樓、歌者未必是實境，而是作者以特別的手法，化身為悲歌的歌者，又再以過路聽者的身份，自言知音難覓，希望有人知道自己心聲。從「奮翅起高飛」一句可見，詩人的心聲大概是在政治上不得意，有志難伸，希望有人理解，讓自己可以振翅起飛。這種自擬為兩個角色而互訴心曲的手法，是有意識的文藝創作，在漢樂府中並不常見。詩中對高樓和歌曲的仔細描摹，也顯示了比漢樂府更為純熟的藝術技巧。

《古詩十九首》所抒發的，是當時士人的所見、所思、所感，也是人生最基本、最普遍的幾種情感和思緒，能令古往今來的讀者同有所感。這一組詩歌有純熟的藝術技巧，代表了中國五言詩的成熟階段。明代王世貞更認為《古詩十九首》是「千古五言之祖」。

梟雄暮年壯心未已

——曹操《龜雖壽》

龜雖壽

曹操 [1]

神龜雖壽，猶有竟時 [2]。騰蛇乘霧，終為土灰 [3]。
老驥伏櫪 [4]，志在千里；烈士莫年 [5]，壯心不已。
盈縮之期，不但在天 [6]；養怡 [7] 之福，可得永年。
幸甚至哉，歌以詠志。

註釋

1　**曹操**：字孟德（155-220），沛國譙（今安徽亳州）人。東漢末年著名政治家和詩人。其子曹丕篡漢後追尊父親為魏武帝。他精通音律，善作詩歌，抒發政治抱負，慷慨悲涼，是「建安文學」的開創者。

2　**神龜雖壽，猶有竟時**：典出《莊子．秋水篇》：「吾聞楚有神龜，死已三千歲矣。」這裏說神龜雖然長壽，活了三千年，可還是有終結的時候。

3　**騰蛇乘霧，終為土灰**：典出《韓非子．難勢篇》：「飛龍乘雲，騰蛇遊霧，雲罷霧霽，而龍蛇與蚓螘同矣，則失其所乘也。」這裏說騰蛇能夠乘雲駕霧，本領很大；但最後雲消霧散，也一樣成為土灰。

4　**老驥伏櫪**：驥，千里馬。櫪，馬槽。伏櫪，指馬被關在馬槽中。櫪（lì），粵音瀝。

5　**莫年**：暮年。莫，同「暮」。

6　**盈縮之期，不但在天**：盈縮，指壽命的長短。這裏指人的壽命長短，不僅是由天來決定。

7　**養怡**：養，指物質上的保養。怡，指精神上的歡愉。

導讀

　　漢代獨尊儒術，上層社會的讀書人都致力鑽研儒家經學和寫作歌頌盛世的漢賦，並沒有致力創作反映自己感受和世情的詩歌。到東漢末建安時代，這種情況才由「三曹」父子扭轉過來。「三曹」是指曹操、曹丕和曹植。

　　曹操一向以政治家形象出現在歷史舞台上，很少人以文學家名之。在一般人的心目中，他的奸雄形象更加根深柢固。長久以來，曹操的文學成就被忽略，其實他對造就建安時代的文學盛況很有貢獻。曹操雖是一代梟雄，戎馬半生，但他又十分喜歡文學，尤其「雅愛詩章」。他招攬了一批愛好文學的讀書人，而他自己也身體力行，

寫有不少詩歌，才情頗佳。他愛好文學的作風也影響了他的兒子，一時創作之風大盛，造就了建安時代的文學興盛。

曹操流傳後世的作品不多，其中最有名的是《短歌行》。這裏介紹他的另一篇作品《龜雖壽》，是曹操的樂府詩《步出夏門行》的第四章，約寫於建安十三年「赤壁之戰」前後，也可能更早一點。曹操當時擊敗袁紹父子，平定北方烏桓，躊躇滿志，樂觀自信，便寫下這一組詩，抒寫胸懷建功立業的豪情壯志。這篇是四言詩，仿效《詩經》的體例，很有古樸的詩風。

詩的開始，曹操發出類似「人生苦短」的慨歎。他更用了有超凡壽命和能力的動物來作比喻，說即使比人長壽得多的神龜，生命也有完結的時候；可以乘霧而飛的騰蛇，也終會化為灰土，何況是人呢？不過這種對生命規律的無奈感，卻沒有導致他的消極或玩世的態度，反而更激勵他要把握時間，完成自己的功業。曹操當時已五十多歲，在那個時代算是年紀老邁了。他自比一匹上了年紀的千里馬，雖然年老體衰，屈居櫪下，但仍有馳騁千里的志向。正如有志幹一番事業的人，雖是「烈士莫（通暮）年」，但對追求宏大理想的雄心永不會停息。

然後他談到自己的人生觀：人的壽命長短雖不能打破自然規律，但也不是完全任憑上天安排的，只要懂得保養身心，也就可以長存了。他說的「可得永年」，當然不是像秦始皇千方百計去追求長生不死，而是永遠樂觀進取，自強不息，建立一番功業，便等於精神永存了。詩的最後兩句是收結，表示很高興可以用這首詩歌來抒發自己的志向。

　　曹操以詩歌的形式寫出自己的感情，以至對人生的態度，在當時來說是頗有開創性的。他的詩歌特點是質樸、豪邁、通達、進取，對當時已呈衰敗的詩壇起了示範作用。曹操「外定武功，內興文學」，身邊聚集了「建安七子」等一大批文人，他們都是天下才志之士，生活在久經戰亂的時代，思想感情常常表現得慷慨激昂，作品中表現出爽朗剛健的風格，開創出「建安風骨」的一代文風。

感物傷懷慷慨悲歌
——曹植《贈白馬王彪並序》

贈白馬王彪並序

曹植 [1]

　　黃初四年 [2] 五月，白馬王 [3]、任城王 [4] 與余俱朝京師，會節氣 [5]。到洛陽，任城王薨 [6]。至七月與白馬王還國。後有司 [7] 以二王歸藩 [8]，道路宜異宿止 [9]。意毒恨之 [10]。蓋以大別 [11] 在數日，是用自剖 [12]，與王辭焉。憤而成篇。

　　謁帝承明廬 [13]，逝將歸舊疆 [14]。清晨發皇邑 [15]，日夕過首陽 [16]。伊洛 [17] 廣且深，欲濟川無梁 [18]。汎舟越洪濤 [19]，怨彼東路長。顧瞻戀城闕，引領情內傷 [20]。

　　太谷何寥廓 [21]，山樹鬱蒼蒼。霖雨泥我塗 [22]，流潦浩縱橫 [23]。中逵絕無軌 [24]，改轍登高岡。修坂造雲

日[25]，我馬玄以黃[26]。

玄黃猶能進，我思鬱以紆[27]。鬱紆將何念？親愛在離居[28]。本圖相與偕，中更不克俱。鴟梟鳴衡軛[29]，豺狼當路衢[30]；蒼蠅間白黑[31]，讒巧令親疏[32]。欲還絕無蹊[33]，攬轡止踟躕[34]。

踟躕亦何留？相思無終極。秋風發微涼，寒蟬鳴我側。原野何蕭條，白日忽西匿。歸鳥赴喬林，翩翩厲羽翼[35]。孤獸走索[36]群，銜草不遑食[37]。感物傷我懷，撫心長太息[38]。

太息將何為？天命與我違。奈何念同生，一往形不歸[39]。孤魂翔故域[40]，靈柩寄京師。存者[41]忽復過，亡沒身自衰[42]。人生處一世，去若朝露晞。年在桑榆間[43]，影響不能追[44]。自顧非金石[45]，咄唶[46]令心悲。

心悲動我神，棄置莫復陳[47]。丈夫志四海，萬里猶比鄰。恩愛苟不虧[48]，在遠分日親[49]；何必同衾幬[50]，然後展殷勤！憂思成疾疢[51]，無乃兒女仁[52]。倉卒骨肉情[53]，能不懷苦辛？

苦辛何慮思？天命信可疑。虛無求列仙，松子久吾欺[54]。變故在斯須[55]，百年誰能持？離別永無會，執手將何時？王其愛玉體[56]，俱享黃髮期[57]。收淚即長路[58]，援筆從此辭[59]。

註釋

1. **曹植**：字子建（192-232），沛國譙（今安徽亳州）人。三國時代著名文學家，與曹操、曹丕並稱「三曹」。他精通詩賦，是「建安文學」的集大成者，並被譽為「才高八斗」。

2. **黃初四年**：黃初（220-226），魏文帝曹丕的年號。黃初四年即 223 年。

3. **白馬王**：即曹彪，曹植的異母弟。白馬在今河南省滑縣東。

4. **任城王**：即曹彰，曹植同母兄，曹丕同母弟，驍勇善戰。任城在今山東省濟寧。

5. **會節氣**：指迎節氣之禮。魏有朝四節的制度，每年立春、立夏、立秋、立冬之前，各諸侯藩王都要到京師行迎氣之禮，並舉行朝會。

6. **任城王薨**：古代稱王侯以及有爵位的大官之死為「薨」。據《三國志・魏志・陳思王傳》裴松之註引《魏氏春秋》：「任城王暴薨，諸王既懷友于之痛。」但《世說新語・尤悔》記載，魏文帝妒忌其弟任城王驍勇善戰，把他毒死。薨（hōng），粵音轟。

7. **有司**：官吏。古代設官分職，各有專司，故稱「有司」。這裏指監國使者灌均。

8. **二王歸藩**：二王，即鄄城王曹植、白馬王曹彪。歸藩，返回藩國。曹植封地在鄄城（今山東省濮陽縣東），曹彪封地在白馬，同在洛陽東面。

9. **道路宜異宿止**：道路，返回藩國的路途。宜，應該。異宿止，不同在一處停宿。

10. **意毒恨之**：意，心裏。毒恨，痛恨。之，代詞，指監國使者灌均。

11. **大別**：永別。當時朝廷已定出藩國之間不得互相來往，曹植心想這次與曹彪一別便不能再見。

12. **自剖**：自己剖白心意。

13. **謁帝承明廬**：謁，進見。承明廬，魏洛陽宮有門叫「承明」，此泛指皇宮。謁（yé），粵音咽。

14. **逝將歸舊疆**：逝，語助詞，無義。舊疆，指原封地鄄城，在今山東省濮縣東。

15. **發皇邑**：發，出發。皇邑，即皇城，指京都洛陽。

16. **首陽**：山名，在洛陽東北。

17. **伊洛**：二水名。伊水源出河南熊耳山，至偃師縣入洛水。洛水源出陝西省塚嶺山，到河南鞏縣入黃河。兩水匯流，古時多連稱。

18. **欲濟川無梁**：濟，渡河。梁，橋樑。

19. **汎舟越洪濤**：汎，同「泛」。汎舟，坐船。越，渡過。洪濤，大浪。

20. **引領情內傷**：引，伸；領，頭頸；指引頸以望。內傷，心中悲傷。

21 **太谷何寥廓**：太谷，指太谷關，漢靈帝時置，在洛陽東南五十里。寥廓，空虛而寬廣。

22 **霖雨泥我塗**：霖，久雨。《三國志‧魏志‧文帝紀》記黃初四年六月大雨，伊、洛溢流。泥我塗，使我的歸途滿是泥濘。塗，同「途」。

23 **流潦浩縱橫**：潦，雨後地面積水。浩，水勢廣大。指大雨令洪水縱橫四溢。潦（lǎo），粵音老。

24 **中逵絕無軌**：中逵，道路交錯的地點。絕，斷絕。軌，車輪滾過後留下的痕跡，這裏借指可以行車的通道。逵（kuí），粵音葵。

25 **修坂造雲日**：修，長。坂，山坡。造，至。雲日，即雲天，喻坂之高。坂（bǎn），粵音板。造（zào），粵音澡。

26 **我馬玄以黃**：玄黃，指馬病，也就是「眩眃」，眼花之意。指山坡高得連馬也感暈眩。以，連接詞。

27 **我思鬱以紆**：鬱，憂愁。紆，屈曲、屈抑之意。指自己憂悶充塞且盤繞在心上。鬱（yù），粵音屈。紆（yū），粵音于。

28 **親愛在離居**：親愛，指兄弟。離居，各居一方。

29 **鴟梟鳴衡軛**：鴟梟，惡鳥，似黃雀而小。有說是貓頭鷹。衡，車轅前的橫木。軛，馬具，形狀略作人字形，套在馬的頸部。作者以鴟梟這種惡鳥比喻小人，意謂小人包圍君主。鴟梟（chī xiāo），粵音雌囂；軛（è），粵音厄。

30 **豺狼當路衢**：衢，交通要道。作者亦以豺狼比喻小人，指小人當道。衢（qù），粵音渠。

31 **蒼蠅間白黑**：蒼蠅，比喻小人。間，離間、挑撥。白黑，是非黑白。間（jiàn），粵音諫。

32 **讒巧令親疏**：讒巧，讒言巧語。令親疏，使親人疏遠。

33 **欲還絕無蹊**：絕無，完全沒有。蹊，本指山路，亦泛指道路。指回到京師的道路已經斷絕，也暗示向君主進諫的道路不通。蹊（xī），粵音奚。

34 **攬轡止踟躕**：攬，持着。轡，韁繩。踟躕，徘徊不進，猶豫。攬（lǎn），粵音覽。轡（pèi），粵音臂。踟躕（chí chú），粵音池廚。

35 **翩翩厲羽翼**：翩翩，形容鳥飛。厲，猛烈、迅速。這裏解作奮起、振動。

36 **索**：求取、找尋。

37 **銜草不遑食**：銜，含。遑，閑暇。不遑，無暇。銜（xián），粵音咸。遑（huáng），粵音皇。

38 **太息**：歎息。

39 **一往形不歸**：指去洛陽會節氣，曹彰到後不久死去之事。

40 **故域**：舊地。

41 **存者**：指曹彪和作者自己。

42 **亡沒身自衰**：亡沒，死去，沒同「歿」。結合上句指死者已矣，存者也難久保。

43 **桑榆間**：桑榆，二星名，在西方。桑榆間，指日落時餘光所在處，多用以比喻人的垂老之年。桑（sāng），粵音喪。榆（yú），粵音如。

44 **影響不能追**：影，日光。響，聲音。句意為快若光影也不能追上。

45 **自顧非金石**：顧，念。金石，喻堅固。句意為顧念到自己並非金石，生命不會長久。

46 **咄唶**：驚歎聲。咄，呵叱聲。唶，嗟歎、讚歎。唶（jiè），粵音責。

47 **棄置莫復陳**：棄置，放棄。莫復陳，不要再説。

48 **恩愛苟不虧**：恩愛，相親相愛之情。不虧，不減少、不損害。句意為兄弟相愛之情不減退。

49 **在遠分日親**：分（讀去聲，音份），情志、情分。句意為二人相隔雖遠而情分日深。

50 **同衾幬**：衾幬，被子和床帳。後漢人姜肱與弟仲海、季江友愛，常同被而眠。衾（qīn），粵音襟。幬（chóu），粵音酬。

51 **疾疢**：疢，熱病，泛指疾病。疢（chèn），粵音趁。

52 **無乃兒女仁**：無乃，豈不是。仁，愛。兒女仁，指小兒女牽戀難捨之愛。

53 **倉卒骨肉情**：倉卒，匆促、急速，或謂突然的變故。骨肉情，親情，這裏指兄弟之情。句意為在生離死別的瞬間見見兄弟之情。

54 **松子久吾欺**：松子，赤松子，傳説的神仙。吾欺，欺騙我。

55 **變故在斯須**：變故，災禍，指曹彰暴斃一事。斯須，瞬間、片刻。

56 **王其愛玉體**：王，指白馬王曹彪。愛玉體，保重身體。

57 **黃髮期**：黃髮，象徵高壽。人老則髮黃。

58 **即長路**：即，就。長路，漫漫的歸途。

59 **援筆從此辭**：援筆，提筆，指寫作。辭，告別。

導讀

　　東漢末年的「建安時代」，是一個文學發達的年代，突出的人物有「三曹」和「建安七子」。其中最為有名、得到評價最高的是曹植。曹植是曹操最為欣賞的兒子，也是因為他很早已表露的文學才華。曹操所作詩歌在離他不遠的魏晉時代所得評價很低，而曹植則剛好相反，在東晉時代已大受推崇。當時最有名的大文豪謝靈運就曾說：「天下才共一石，子建獨得八斗。」這也是成語「才高八斗」的來源。

　　曹植詩、文、賦俱佳，其作品可分為前後兩期，以曹操死後曹丕登基為分水嶺，而他最受推崇的作品，都是作於政治生涯轉趨坎坷之後。曹操一度打算把曹植立為世子，繼承爵位。可惜曹植後來在爭位過程中失利，逐漸失寵，最後敗給曹丕。曹丕繼承爵位並篡漢自立為帝後，對一眾兄弟嚴加防範；而曹植這個昔日爭位對手，更是再三受到曹丕及其子曹叡的猜忌和迫害，在十一年間三徙封邑，六改封號。曹植雖受封為藩王，但形同囚禁，沒有任何自由，而且生活困苦，常有朝不保夕之感。

　　《贈白馬王彪》是曹植的後期代表作。詩前有序，講述寫作的緣由。在黃初四年五月，曹植和幾位兄弟到京師朝會。他驍勇善戰的同母兄長曹彰忽然暴斃，使他十分傷痛。相傳曹彰是因曹丕的猜忌而遭毒殺，曹植當然不敢明言。歸國時，他本想與異母弟白馬王曹彪同行，卻被曹丕派來的監國使者阻止，並一路受到監視。傷痛加上憂憤無處可訴，他只有寄託詩篇，贈予曹彪。

《贈白馬王彪》共分七章，表現了曹植哀傷、憂讒、憤怒、自憐、互勉等複雜感情，互相交織。第一章共十句，寫這次「會節氣」結束之後啟程返回封地的經過和心情。曹植從皇邑洛陽東歸，要渡過伊水和洛水。河上並無橋樑，要泛舟渡河，東歸之路長而艱難。此處不一定是實寫，「欲濟川無梁」表示前路茫茫，無路可走。「汎舟越洪濤」表示前面有驚濤駭浪，未知能否安然渡過。「顧瞻戀城闕，引領情內傷」兩句，寫自己回望京城，無限依戀，更引起心中的傷痛。曹植的傷痛不單是因為要遠離京師，更因為這次兄弟同來京師，以為可聚首一堂，誰料兄長曹彰忽然死去，他既傷骨肉永訣，心中也有極大的恐懼，不知厄運何時輪到自己。第二章共八句，描寫歸途中的困苦。寫自己走到荒涼的山林，又遇上大雨滂沱，洪水泛濫，道路斷絕，只好改道登上高山，以致人馬疲累不堪。這裏寫路途的險阻，也隱喻自己人生路途的坎坷；馬的累病亦暗示自己身心同樣疲憊。

　　第三章共十二句，從行程的險阻轉到人事的險惡，開始直接抒發內心的悲憤，進入詩的核心部分。首兩句承上啟下，寫馬病了還能勉強前行，但自己的憂愁委屈卻無法擺脫。曹植的「鬱紆」就是要與兄弟分離的悲痛，他本想與曹彪同行，一敍兄弟之情，但受到監國使者的阻止。他對此感到極度的憤慨，對監國使者提出強烈的抨擊。他以「鴟梟」、「豺狼」、「蒼蠅」比喻這種小人，更直言是這種小人「讒巧令親疏」，在皇上面前挑撥離間，使兄弟日漸疏遠，更遭逼害。最後兩句寫由於被離間，自覺再回到朝廷已無望，心情沮喪憤慨，只能「攬轡止踟躕」，表現了迷茫惆悵的心情。

　　第四章共十二句，寫自己在路上觸景生情，感物傷懷。曹植在路上徘徊，為了留戀甚麼呢？原來是為無盡的相思之情。「相思」是指他對曹彰的悼念和對曹彪的思念。他舉目四望，看到的景物都是淒涼傷感的：微涼的秋風，哀鳴的寒蟬，蕭條的原野，夕陽西下，更顯出自己的孤單淒涼。接着四句寫眾鳥奮翼歸巢，孤獸尋覓群類，更引起曹植的無限傷感：歸鳥有林可赴，孤獸有群可歸，但自己卻無路可走，無家可歸，真有人不如鳥獸之感。最後他只能「撫心長太息」，因現實生活中已沒有前途和希望。

　　第五章共十四句，表現了對曹彰暴死的哀悼和對自己朝不保夕的憂懼。曹植感到上天的安排似乎故意和自己作對。這種想法是由曹彰的暴斃引起的。他傷痛同胞兄弟突然死去而無法回歸，只落得「孤魂翔故域，靈柩寄京師」。曹彰之死使曹植產生兔死狐悲的憂懼，感到自己的命運難料。死者已矣，倖存的人也難長久；人的一生只像朝露轉眼就消逝了。他自覺年壽將盡，時光已不能追回；又自知不如金石長壽，只能歎息悲傷。曹植寫作此詩時不過三十二歲，正值壯年，竟發出生命將盡的概歎，這種反常的心理，是他對個人命運難以把握的反映。

　　第六章共十二句，以豪言壯語和曹彪互相慰勉。曹植在上一章表現了深沉的悲傷，他知道悲傷於身無益，於事無補，這裏毅然「棄置莫復陳」，勉強振作起來，提出「丈夫志四海」以下八句豪言壯語和曹彪共勉。表示不必介意兄弟相分，只要大家彼此顧念，即使相隔萬里，兄弟情分仍可日深，大家無需朝夕相見、同床共枕以互表深情。「憂思成疾疢」只是小兒女之情，並非大丈夫所為。然而，

畢竟骨肉情深，曹植仍然無法按捺對同胞兄弟生離死別的悲辛。「倉卒骨肉情，能不懷苦辛？」結句的反問，將前面的豪情壯語推翻，心中的悲痛，更顯深沉。

最後的第七章共十二句，反思人生的問題，並寄語曹彪，祝願彼此能得享長壽。曹植從極度悲痛中反思人生哲理，對天命、求仙感到懷疑。他有感突發的變故驟然而降，人生百年又誰能自保呢？接着六句是訣別之辭，曹植傷感地指出此別後會無期，叮囑曹彪保重身體，寄望兄弟二人能共享高壽。最後收淚道別，贈詩以作紀念。

曹植在同時代詩人中可說是最傑出的。他的詩一方面感情真摯強烈，筆力雄健，體現了「雅好慷慨」的建安詩風；另一方面又呈現了修辭豐富，文采斐然的面貌。這些特色在《贈白馬王彪》一詩中最能表現。詩中表現的思想感情十分複雜，結合了敘事、描寫、抒情、議論各種手法，而全篇結構嚴謹、條理分明，讀來不會有紊亂的感覺。詩歌採用了「連章體」，除第一章外，其餘六章都以頂真格式層層相扣。如第二章末句是「我馬玄以黃」，第三章首句是「玄黃猶能進」，第三章末句是「攬轡止踟躕」，第四章首句是「踟躕亦何留」。這樣既可增強全篇的音節效果，更能使各章之間上遞下接，加強抒情效果。詩中其餘寫作手法也顯出了十分成熟的藝術技巧，包括第二章和第四章的借景抒情；第三章的善用比喻，以鴟梟、豺狼、蒼蠅等形容所痛恨的監國使者等，都成了詩歌創作中的經典。

領會田園生活的真趣

——陶淵明《飲酒》

飲酒（之五）

陶淵明 [1]

結廬 [2] 在人境，而無車馬喧 [3]，
問君何能爾 [4]，心遠地自偏。
採菊東籬下，悠然見南山，
山氣日夕佳，飛鳥相與還。
此中有真意 [5]，欲辯已忘言。

註釋

1 **陶淵明**：名潛（約 365-427），字元亮，號五柳先生，潯陽柴桑（今江西九江）人。東晉末文學家，出身世家，曾做過幾年小官，後辭官歸隱，過着「躬耕」的生活。以五言詩著稱，被稱為「田園詩人」之宗。
2 **結廬**：建造房子。廬，簡陋的房舍。
3 **喧**：嘈吵的聲音。
4 **爾**：這樣，如此。
5 **真意**：人生的真正意義。

導讀

　　建安時代以後，很快進入了五胡亂華的東晉時代。當時的讀書人經歷了長期的亂世，感於世事變幻無常，政事上無甚可為，多醉心道家哲學，逃避現實。一些人追求物質享受，及時行樂，崇尚清談；也有一些人自鳴清高，歸隱山林。他們優遊歲月，流連山水，飲酒賦詩，感慨興歎。他們的詩作雖然比不上後來的唐詩有名，但其實唐代很多著名詩人都受到魏晉南北朝詩人的影響，李白十分推崇謝朓就是一個例子。

　　「田園詩人」陶淵明是東晉時代作家的佼佼者。很多類型的詩歌都在唐代達到頂峰，只有田園詩，唐及其後的詩人都比不上陶淵明。陶淵明開創了田園詩，也把它推到了最高峰。

　　陶淵明生當東晉末年，他的曾祖父陶侃曾當過大司馬，但由於不是名門望族，他不會像當時一些名士般被人看得起。不過他又不像一些逃避政治、頹廢行樂的讀書人，心裏還是有一番抱負的。陶

淵明曾做過幾次小官，也輔助過桓玄，但當時政局非常混亂，有好幾次都是做了短時間便辭官不幹了，這樣進進出出官場有十多年。到了四十歲左右，他便正式歸隱田園，不再出仕了。

陶淵明的《飲酒》是組詩，共有二十首，組詩前有小序，說明自己閑居寡歡，每晚都飲酒，飲醉之後常題詠數句自娛，積累成這批飲酒詩，各詩之間並無次序關係。這裏介紹的是一般人最熟悉的第五首。

這首詩寫自己歸隱後的田園生活，卻並沒有提及「飲酒」。詩歌從自己的居所寫起，陶淵明並沒有隱居到人跡罕至的地方，而是在「人境」中建屋。既在「人境」，便會有人來人往的各項活動，詩人卻說「而無車馬喧」。人境中似乎不會沒有車馬喧，為甚麼會這樣呢？詩的第三句忽然轉換敘事角度，以第三者的口吻好奇地追問：「問君何能爾」，然後又自己回答：只要心境遠離世俗，便好像住在偏僻的地方，不受煩囂影響了。這種描述方式頗為特別，全詩都是第一人稱，只有第三句轉為第三人稱。王安石曾讚賞這幾句：「淵明詩有奇絕不可及之語，如結廬在人境四句，由詩人以來無此句。」

下面四句寫自己在居所的活動和所看到的景色。陶淵明是愛菊之人，這裏寫自己在東籬下採菊，不經意間仰頭便見到南山，所見黃昏山景很美，飛鳥相伴而還。這四句似順手拈來，但很有神韻，令人不期然嚮往這種生活。最後兩句總結對這種生活的感受。他處身大自然中，達到一種微妙的境界（真意），也可以說是有一種「真趣」。這種真趣是怎樣的？不能用言語來表達，只可意會不可言傳，

也就是莊子所講的「得意而忘言」了。這兩句有點「玄」，是當時盛行玄學的痕跡。

　　這首詩感情真率，格調高雅，表現陶淵明熱愛田園生活，真正懂得欣賞大自然的妙趣。我們今天生活在繁忙的都市，與簡單的田園生活已相去甚遠。閱讀陶淵明的詩，讓我們學習欣賞大自然，有一種洗滌塵囂的感覺。

躬耕讀書樂何如

——陶淵明《讀山海經》

讀山海經（之一）

陶淵明

孟夏[1] 草木長，遠屋樹扶疏[2]。

眾鳥欣有託，吾亦愛吾廬。

既耕亦已種，時還讀我書。

窮巷隔深轍[3]，頗迴故人車。

歡然酌⁴春酒，摘我園中蔬。

微雨從東來，好風與之俱。

汎覽周王傳⁵，流觀山海圖⁶。

俯仰終宇宙⁷，不樂復何如。

註釋

1　**孟夏**：初夏。
2　**扶疏**：樹木枝葉茂盛。疏，同「疏」。
3　**窮巷隔深轍**：轍，車輪輾地留下的痕跡。深轍，留下很深的車輪痕跡，表示車的體積很大。這句指自己住在偏僻的小巷，大車不能駛進來。轍（chè），粵音設。
4　**酌**：斟酒、飲酒。酌（zhú），粵音雀。
5　**汎覽周王傳**：汎，同「泛」。汎覽，概地瀏覽。周王傳，即《穆天子傳》，記　周穆王駕八駿遊四海的神話故事。
6　**山海圖**：即《山海經圖》，是依據《山海經》中的傳說繪製的圖。
7　**俯仰終宇宙**：俯仰，低頭和抬頭之間，指短暫的時間。這句指在很短的時間便可探究宇宙的道理。

導讀

　　東晉最著名的「田園詩人」陶淵明，所作田園詩很多都與酒有關。除了《飲酒》詩，他的作品還有不少組詩，其中一組是《讀山海經》。《讀山海經》共有十三首，第一首是組詩的序言，其餘十二首是寫他讀《山海經》所得，裏面有很多神話故事，像王母、

三青鳥、夸父、精衛、不死之民等，還寫了很多仙境風光。這可歸入遊仙詩之類，也是魏晉時代常見的題材。

這時代老莊思想及神仙道教盛行，影響所及，詩人常在詩歌中借古代的神仙傳說，想像自己與仙人交往，遨遊太虛，其中也會借以抒寫懷抱，言志詠懷。陶淵明這組詩與一般遊仙詩又有點不同，詩中並沒有自己與仙人交往的描寫，而是集中寫上古神話傳說，有人認為是借神話表達自己的歷史價值觀，有借古喻今的意味。

這裏介紹組詩的第一首，它雖是以下遊仙詩的序言，但主要寫自己的田園生活，耕種之餘，閑來讀書，可以與《飲酒》詩「結廬在人境」參讀。有趣的是，屬於《飲酒》詩的「結廬在人境」完全沒有提及飲酒，而這首《讀山海經》卻有寫飲酒的場面。

詩的前四句概述自己的家居環境。初夏時分草木茂盛，圍繞他屋旁的樹長得枝葉繁茂，一眾鳥兒很高興有了託身之所，而詩人也很愛自己的居所。這裏表現出他很滿意自己在田園的生活，長久以來的紛擾似乎已得到了安頓。

以下六句寫自己的耕種和讀書生活。到了夏天，耕田和播種的工作已大致完成，應是較為清閑的時候，詩人可以坐下來讀他喜愛的書。他身處窮巷，大的車不能駛進來，所以阻隔了很多故人的車。這裏表示自己已很少與以前官場中人來往，全心投入他的簡樸田園生活中。他開心地品嚐在春天釀好的酒，到園中採摘自家栽種的蔬菜。這裏描述的生活態度與《飲酒》詩「結廬在人境」一致，顯示陶淵明是真正融入田園生活，退隱躬耕，親自栽種莊稼，而不像其他魏晉名士單單享受田園山水風光。

詩的最後六句寫自己在微風細雨的時候,「汎覽周王傳,流觀山海圖」,享受讀書之樂,從這些道家秘籍中領悟到宇宙人生的奧秘,其樂無窮。「周王傳」即《穆天子傳》,記敍周穆王駕八駿遊四海的神話故事;「山海圖」是依據《山海經》中的傳說繪製的圖。「汎覽」、「流觀」表示他用一種很輕鬆的態度去讀這些書,作為隱居的一種樂趣;也表示他雖然歸隱田園,但仍沒有丟下讀書人的本業,兩者結合之下,得到更大的精神滿足。

　　陶淵明的詩質樸自然,似信手拈來,白描田園生活的樂趣。今天看來並無特別,但在那個時代,大量詩人都競相寫作追求聲律形式的「宮體詩」,或內容空虛的「玄言詩」,生活萎靡頹廢,陶淵明的詩風和生活態度便顯得難能可貴了。

歸隱田園的心路歷程

——陶淵明《歸去來辭並序》

歸去來辭並序

陶淵明

余家貧，耕植不足以自給。幼稚盈室[1]，缾無儲粟[2]，生生所資[3]，未見其術。親故多勸余為長吏[4]，脫然有懷，求之靡途[5]。會有四方之事[6]，諸侯以惠愛為德[7]，家叔[8]以余貧苦，遂見用於小邑。於是風波未靜，心憚遠役[9]；彭澤去家百里[10]，公田之利[11]，足以為酒[12]，故便求之。及少日，眷然有歸與之情[13]。何則？質性自然，非矯厲[14]所得；飢凍雖切，違己交病[15]。嘗從人事，皆口腹自役[16]，於是悵然慷慨[17]，深愧平生之志。猶望一稔[18]，當斂裳宵逝[19]。尋程氏妹喪於武昌[20]，情在駿奔[21]，自免去職；仲秋至冬，在官八十餘日。因事順心，命篇曰「歸去來兮」；乙巳[22]歲十一月也。

歸去來兮！田園將蕪胡不歸[23]？既自以心為形役[24]，奚[25]惆悵而獨悲？悟已往之不諫，知來者之可追[26]；實迷途其未遠，覺今是而昨非。舟遙遙以輕颺[27]，風飄飄而吹衣。問征夫以前路[28]，恨晨光之熹微[29]。乃瞻衡宇[30]，載欣載奔[31]。僮僕歡迎，稚子候門。三徑就荒[32]，松菊猶存。攜幼入室，有酒盈樽。引壺觴[33]以自酌，眄庭柯以怡顏[34]；倚南窗以寄傲[35]，審容膝之易安[36]。園日涉以成趣[37]，門雖設而常關。策扶老以流憩[38]，時矯首而遐觀[39]。雲無心以出岫[40]，鳥倦飛而知還。景翳翳以將入[41]，撫孤松而盤桓[42]。

歸去來兮！請息交以絕遊。世與我而相遺，復駕言兮焉求[43]？悅親戚之情話，樂琴書以消憂。農人告余以春及，將有事於西疇[44]。或命巾車[45]，或棹孤舟，既窈窕以尋壑[46]，亦崎嶇而經丘。木欣欣以向榮[47]，泉涓涓[48]而始流。羨萬物之得時，感吾生之行休[49]。已矣乎[50]！寓形宇內復幾時[51]，曷不委心任去留[52]？胡為乎遑遑欲何之[53]？富貴非吾願，帝鄉[54]不可期。懷良辰以孤往，或植杖而耘耔[55]，登東皋以舒嘯[56]，臨清流而賦詩。聊乘化以歸盡，樂夫天命復奚疑[57]？

註釋

1　**幼稚盈室**：滿屋都是孩子。幼稚，指作者的幼小孩兒。陶淵明共有五個兒子，名儼、俟、份、佚、佟。陶淵明歸隱時，孩子年紀還很小。盈，充滿。

2　**缾無儲粟**：缾，同「瓶」。瓶中沒有儲起的米糧，極言窮困。

3　**生生所資**：維持生活所需的。資，憑藉。

4　**長吏**：當時的小官，縣長以下的屬員。長（zhǎng），粵音掌。

5　**靡途**：沒有門路。

6　**會有四方之事**：會有，剛剛遇上。四方之事，指桓玄篡晉稱帝，劉裕等起兵討玄，晉安帝復位之事。陶淵明當時為江州建威將軍劉敬宣的參軍，奉使到建康（南京）。

7　**諸侯以惠愛為德**：諸侯，指當時掌握兵權的各州郡長官。他們爭相羅致人才為自己效力，所以説「惠愛為德」。

8　**家叔**：疑指陶弘。陶弘是陶侃的孫子，襲封長沙郡公，可能是他推薦陶淵明出任彭澤令。亦有説法指陶夔，時任太常卿，掌國家祭祀之職。

9　**心憚遠役**：心裏害怕到遠方任職。憚（dàn），粵音但，害怕。

10　**彭澤去家百里**：去，離開。彭澤在今江西省湖口縣東，距陶淵明家鄉潯陽柴桑（今江西省湖口縣）不遠。

11　**公田之利**：公田，縣中歸公家所有的田地。當時收入歸縣令作為俸祿。

12　**足以為酒**：足以供自己釀酒喝。這裏指俸祿可以餬口。

13　**眷然有歸與之情**：眷，思念、留戀。歸與，回去吧，語出《論語・公冶長》篇，孔子在陳，感大道之不行，因有「歸與」之歎。與（yú），粵音魚，一作「歟」，語氣助詞。這句表示自己懷戀田園，有辭官歸隱的想法。

14　**矯厲**：行事造作，不合常情、以樹立高尚的名聲。

15　**違己交病**：違己，違背自己的意願。交病，感到痛苦。

16　**口腹自役**：為了餬口而要自己受人差遣。

17　**悵然慷慨**：悵然，失意的樣子。慷慨，心情激動。悵（chàng），粵音唱。

18　**一稔**：一年。稔（rěn），粵音nam5，本指禾稻成熟，引申為年。

19　**斂裳宵逝**：收拾行裝，連夜離去。

20　**尋程氏妹喪於武昌**：不久，嫁到程家的妹妹在武昌去世。程氏妹，比陶淵明少三歲，嫁到姓程的人家。

21　**情在駿奔**：由於親情，要急往奔喪。駿奔，急促行走。

22 **乙巳**：即東晉安帝義熙元年（405）。

23 **胡不歸**：為甚麼不回去。胡，疑問代詞。

24 **以心為形役**：心靈被形體所役使。指為了謀生餬口而違背了本性。

25 **奚**：為甚麼。

26 **悟已往之不諫，知來者之可追**：過去的事（指做官）既然沒有辦法能夠糾正，將來的事（指歸隱）卻還來得及追上。這兩句出自《論語・微子》篇：「楚狂接輿歌而過孔子曰：『鳳兮，鳳兮，何德之衰！往者不可諫，來者猶可追。』」接輿是當時的隱者，這幾句話是譏笑孔子未能歸隱。諫，作「糾正」解。

27 **舟遙遙以輕颺**：小舟在水面輕輕飄蕩前進。遙遙，船搖動的樣子。颺，通「揚」，上下移動。

28 **問征夫以前路**：向旅途上的行人詢問前路狀況。征夫，遠行的旅人。

29 **熹微**：微明，指天剛亮時陽光微薄。

30 **乃瞻衡宇**：終於看到自己簡陋的房屋。瞻，看。衡，指門，以橫木為門叫衡門；宇，指房屋。衡宇，指房屋十分簡陋。

31 **載欣載奔**：懷着愉快的心情，踏着急促的步伐向前走。載，又、且；載……載……，指同時做兩個動作。

32 **三徑就荒**：宅園中的小路已將近荒廢。「三徑」一詞出於《三輔決錄》，記蔣詡在王莽篡漢時隱居，「舍中竹下開三徑，惟羊仲、求仲從之遊。」後世以「三徑」比喻隱士居處。

33 **引壺觴**：拿起酒壺和酒杯。觴（shāng），粵音傷，杯。

34 **眄庭柯以怡顏**：看一下庭中的樹木，臉上顯露愉快的神情。眄（miàn），粵音免，斜視，這裏有隨便看看的意思。柯，樹枝。

35 **寄傲**：寄託豪放而不受拘束的本性。

36 **審容膝之易安**：明白到狹小的居所易於安身。語出《韓詩外傳》：「北郭先生妻曰：『今結駟連騎，所安不過容膝。』」審，明白。容膝，僅能容得下雙膝，極言居處的狹小。

37 **園日涉以成趣**：每天到園中走走，自得其樂。涉，進入。

38 **策扶老以流憩**：持着手杖，到處遊玩或休息。策，持着。扶老，因扶竹適合做枴杖，稱為「扶老竹」，所以稱手杖為「扶老」。流憩，沒有固定地方，到處走走歇歇。憩（qì），粵音氣。

39 **時矯首而遐觀**：時常抬頭遠望。矯，高舉。遐，遠。遐（xiá），粵音霞。

40 **岫**：山洞。岫（xiù），粵音就。

41 **景翳翳以將入**：日光逐漸暗淡，太陽快將西沉。景，同「影」。翳翳，漸暗貌。翳（yì），粵音縊。

42 **盤桓**：徘徊、流連不去。桓（huán），粵音緩。

43 **世與我而相遺，復駕言兮焉求**：世俗人與我的志向不同，我還出去求甚麼呢？駕言，駕車出遊的意思，語出《詩經・邶風・泉水》篇「駕言出遊」句。言，作「以」字解。這裏只是截取半句，表示出門奔走營求。

44 **有事於西疇**：有事，指耕作。疇，田地。疇（chóu），粵音籌。

45 **命巾車**：使人準備有布篷的車。

46 **窈窕以尋壑**：穿過幽深的山徑，探尋山谷的勝景。窈窕（yǎo tiǎo），粵音繞條，深遠貌。壑（hè），粵音確，深谷。

47 **木欣欣以向榮**：欣欣，生氣勃勃的樣子。榮，茂盛，繁多。

48 **涓涓**：細水慢流的樣子。

49 **感吾生之行休**：感到我的生命快將完結。行，將要。休，停止。

50 **已矣乎**：算了吧。

51 **寓形宇內復幾時**：把形體寄託在天地之間，能有多少時日？

52 **曷不委心任去留**：何不隨心中所想，自由自在地生活。曷（hé），粵音喝，同「何」。

53 **胡為乎遑遑欲何之**：為甚麼心神不定，想到哪裏去呢？遑遑，心神不定的樣子。遑（huáng），粵音皇。

54 **帝鄉**：天帝的地方，指天上仙境。

55 **植杖而耘耔**：拿起木杖耕作。植，倚靠；《論語・微子》篇：「植其杖而芸。」耘耔，翻土除草，泛指耕種。耔（zǐ），粵音了。

56 **登東皋以舒嘯**：登上東面的田野放聲長嘯。東皋，東面的田野或耕地，多指歸隱後的耕地。皋（gāo），粵音高。

57 **聊乘化以歸盡，樂夫天命復奚疑**：姑且順着大自然的變化，直至生命終結；樂天知命，又有甚麼值得疑慮呢？

 導讀

　　陶淵明的田園詩寫得簡樸自然，沒有運用多少修辭技巧，這並

非因為他這方面的能力不足。其實陶淵明身處的時代盛行講究形式和修辭的文體，他同樣能寫講究修辭技巧的作品，這可從他的另一篇作品《歸去來辭》看到。

這是一篇「辭賦體」文章，是半詩半文的混合體，看來似散文，但有押韻，所以歸入「韻文」一類。漢代辭賦體裁大盛，到魏晉南北朝又演變為篇幅較短的小賦，《歸去來辭》就是此類作品。漢代辭賦分「紀行」和「述志」兩大類，這篇則兼有紀行和述志的作用，寫自己歸隱田園的過程和生活情況。「歸去來」是這篇辭的第一句，因以為名。

古代的讀書人都希望出仕為官，陶淵明為甚麼卻要歸隱？蕭統《陶淵明傳》說陶淵明做彭澤縣令時，一次郡督郵來巡視，要縣令穿戴整齊去迎接，陶淵明卻說：「豈能為五斗米，折腰向鄉里小兒。」於是辭官而去。在《歸去來辭》中有二百字的序，屬散文體裁，親自說明自己這次出仕和歸隱的來龍去脈。

序的開始說自己家貧，孩子又多，耕植不足以自給，沒有營生之術，親友便勸他當官，可以得到俸祿。他說自己為官只是為了生計，於是求得一個離家近便的小職位。這大概只是說出他最後一次為官時的心態，在陶淵明其他作品中，可見到他年輕時的心態並不如此。他也曾有大志要幹一番事業，但眼見朝廷腐敗，軍閥攬權，自己難有作為，在官場浮沉十多年，結果是一次又一次的失望。轉眼自己又到中年，朝廷已無甚可為，國家危在旦夕。

序中說這次為官沒有多少日，便「眷然有歸與之情」。陶淵明交代原因是：自己性向喜歡自然，不想虛偽地過日子，雖然為了吃

飯問題，但違背自己的意願，實在是痛苦的事。自己本想做滿一年便引退，不料嫁給程家的妹妹突然去世，便立即辭官，奔喪去也，只做了八十多天的官。看來「奔妹喪」和「不想折腰向鄉里小兒」都只是藉口，腐敗的官場一直令他感到痛苦，他終於下定決心離開，從此再沒有出仕。辭職後他感到如釋重負，所以說「因事順心」，更寫出這篇《歸去來辭》。

《歸去來辭》的正文可分為兩大段，都以「歸去來兮」一句起頭。除了體裁不同，正文的表達手法與序文也很不同。序文以敍述為主，交代事情的前因後果。正文以抒情為主，表達自己辭官歸里的感受。

正文第一段開始便有一連串的感歎句，寫自己好像感受到一種來自田園的呼召，「歸去吧」的聲音一直縈繞不去。「既自以心為形役，奚惆悵而獨悲」兩句意思與序文的「飢凍雖切，違己交病」和「皆口腹自役，於是悵然慷慨，深愧平生之志」一致，都是說為謀生留在官場是違背自己的意願，因而感到悲哀。到了下定決心離開的這一天，自己似是覺悟了。「悟已往之不諫」兩句是引《論語》中所記楚狂接輿的話，指歸隱才是最好的選擇。「舟遙遙以輕颺」四句寫自己回家時的行程，看他運用的字眼，顯示了一種輕快又期待的心情。「乃瞻衡宇」以下連用八個四字句，寫自己到達家門的情境。用短促句子，讓人感受到他是多麼急不及待，多麼興奮。他遠遠看到自己的房子便由走路變為跑步了，僮僕和孩子都在門口候着他。家中園地雖然有點荒蕪，但他喜愛的植物和酒仍然存在。

以下寫他回家後的生活情況。他在屋內自斟自酌，看着庭園中

樹木的生長便覺得歡喜。他的房子雖然小得僅能容身，但心情開朗，日子比以前易過得多。他每天都是這樣在庭園流連，自得其樂，沒有與其他人交往，好像把門常關起來一樣。他拄着手杖到處走走，有時抬頭遠觀，看到山邊的雲和回巢的鳥，便引以自喻：「雲無心以出岫，鳥倦飛而知還」，就像自己本無心出仕，到厭倦了官場便知道回歸。他留戀這種大自然景色，到黃昏日落仍不願離去。

《歸去來辭》的第二大段也是以「歸去來兮」一句起頭，寫自己對歸隱生活的看法，更明確地闡述自己的思想。

陶淵明既已回歸田園，他再一次肯定自己的做法。他說俗世和自己已彼此離棄，在外面奔波還有甚麼可求呢？因此他認為應該「息交以絕遊」。以下寫令他感到愉悅的生活：與親屬閑話家常，彈琴讀書；春天來了便到西邊的田地去耕種，閑來駕車或泛舟到處尋幽探秘。當他看到大自然的草木欣欣向榮，泉水涓涓不息，便羨慕萬物都很有生命力，感慨自己的生命卻很快要結束。於是他再歎一句：「算了吧！既然我的形體還不知能存在多久，何不隨心所欲自由自在過日子？為甚麼還心神不定不知到何處去？」他表示自己追求的不是富貴，成仙又遙不可及，不如盡情享受這種田園生活，趁美好時光出遊，或拿工具耕種，或登山舒嘯，或在溪旁賦詩。自己順着天命而活，直到生命的盡頭，還有甚麼疑慮？

陶淵明在這裏說得瀟灑，但要一而再地說些理由去肯定自己的歸隱，似是要打消自己的疑慮。畢竟這是他剛剛辭官歸隱時所寫，不免仍有放不下之處。不過我們從陶淵明自此以後再無出仕，並且在他歸隱後的作品中，顯示他愈來愈融入這種田園生活，並

享受到個中真趣，可見他寫此篇時的疑慮已漸漸消除，找到自己真正的歸宿。

　　這篇辭大部分由四六句組成，這是魏晉辭賦的特色。不過魏晉辭賦較多接近散文，而陶淵明這篇辭的句式特別整齊，全篇換了五個韻，用了近乎詩歌的寫法，在魏晉作品中是較為特別的。

　　篇中運用了大量的修辭手法，有比喻（雲無心以出岫，鳥倦飛而知還）、擬人（雲無心以出岫，鳥倦飛而知還）、對偶（登東皋以舒嘯，臨清流而賦詩）、用典（悟已往之不諫，知來者之可追）、雙聲（惆悵、崎嶇）、疊韻（盤桓、窈窕）、疊字（遙遙、飄飄、欣欣、涓涓）等。這篇作品的對偶句特別多，上面只是略舉一例。這些對偶句大都十分工整，意境亦佳，絕不遜色於後來大放異彩的唐詩。從這篇可見，寫出大量簡樸田園詩的陶淵明，其文學修辭技巧也很到家，能寫出形式和內容俱佳的作品，只是後來他選擇了返璞歸真罷了。

静觀世界的禪心

——王維《山居秋暝》

山居秋暝

王維[1]

空山[2]新雨[3]後，天氣晚來秋。

明月松間照，清泉石上流。

竹喧歸浣女[4]，蓮動下漁舟[5]。

隨意[6]春芳歇[7]，王孫自可留[8]。

註釋

1　**王維**：字摩詰（約 700-761），山西祁縣人。盛唐著名詩人，詩書畫都很有名，是唐代山水田園詩派的代表。精通佛學，有「詩佛」之稱。
2　**空山**：空曠的山野。
3　**新雨**：剛剛下過雨。
4　**竹喧歸浣女**：竹喧，竹林中笑語喧嘩。浣女，洗衣服的姑娘。浣（huàn），粵音碗。
5　**蓮動下漁舟**：溪中蓮花動盪，知是漁船沿水下行。
6　**隨意**：任憑。
7　**春芳歇**：春天的芳華凋謝了。歇，消散。
8　**王孫自可留**：用《楚辭·招隱士》典故：「王孫兮歸來，山中兮不可久留！」王孫，原指貴族子弟，後來也泛指隱居的人，這裏指詩人自己。

導讀

　　唐代是中國文學發展的最高峰時代。經歷魏晉南北朝的長期戰亂後，人民終於可以過上太平日子。這個盛世皇朝以詩歌取士，也就是說，誰的詩寫得好，就有平步青雲的機會。這造就了讀書人爭相鑽研寫詩，創造大量作品，使唐代成為中國詩歌最發達的年代。由於時代環境的影響，唐代詩人風格各異，分為初唐、盛唐、中唐、晚唐四個階段。我們最熟悉的詩人大多生活在盛唐時代，這也是唐詩發展的最高峰。

　　晉代陶淵明的田園詩寫出了田園生活的真趣，盛唐時代也有一位詩人以寫田園山水著名，他就是人稱「詩佛」的王維。他寫的不是描述躬耕生活的田園詩，而是帶有禪味的山水詩。王維的詩作以

表現山水自然之美見稱，《山居秋暝》是他其中一首代表作。王維除了是著名詩人，也是唐代著名畫家。蘇軾稱王維的作品「詩中有畫，畫中有詩」。「詩中有畫」的特點也見於《山居秋暝》一詩中。

這首詩描繪在一個秋天的傍晚，詩人自己在山中居停所見的風光。前四句寫自然景色。在空曠的山野，剛剛下過雨，空氣特別清新。月亮已逐漸升起，明亮的月光透過松樹的枝椏灑照地上。清澈的泉水，在山間石上淙淙流動。這四句是寫景的典範名句，描繪出一幅清新、寧靜、空靈的自然美景，像一卷山水畫展現在讀者眼前。接着兩句寫人文風景。竹林裏傳來喧嘩笑語，應是到山間洗衣服的姑娘要歸家了。水面的蓮葉搖動，是有漁舟穿梭其中。這兩句仍是寫景，但景中有人，與前四句所寫無人的靜景不同。這些景中人又不是很明顯的，應與詩人的處所有一段距離，加上時近傍晚，已看不清楚了，只能從笑語喧聲和蓮葉動態感受到其他人的存在。最後兩句是詩人的述志，表示雖然春天的芳華已消失，但他仍覺得可留在山中，享受這種山居生活。傳統作品對山野景色的描寫，都以春天植物欣欣向榮為可喜之景，秋天蕭瑟落寞為可悲之景。王維卻在這裏表示秋天山居雖看不到繁花似錦，但另有一種自然美態，是他欣賞而留戀的。

王維因詩作中常有自然景色的描寫，而被歸為田園詩派。但他詩中所寫與陶淵明不同，陶詩寫自己投入田園生活，荷鋤躬耕，田園之中有「我」；而王維則並非投入田園耕作，而是作為一個觀察者，靜觀大自然的美態。他的詩作更像一幅山水畫，他以畫師的視點去表達自己眼中的田園山水。這種特點與他本身是大畫家和精研

佛學禪宗有關。他詩中表現的寧靜美景，也反映了他的心境，他致力擺脫塵世的煩囂，追尋安靜的生活。《山居秋暝》最後一句「王孫自可留」就有願意避世隱居的意思。

唐代以詩歌取士，講究格式的要求，開始有律詩的出現。《山居秋暝》是一首五言律詩。雖然寫得自然淺白，但格式上遵照律詩的嚴格要求。詩歌押平聲韻（秋、流、舟、留），詩中的頷聯（第三、四句）、頸聯（第五、六句）對偶，全詩運筆自然卻十分工整。詩中幾句所寫景色更是有遠有近、有山有水、有靜有動、有聲有色，內容豐富而技巧純熟。王維的《山居秋暝》可說是「欣賞指數」極高的詩歌作品。

詩仙的寂寞與哀愁
——李白《月下獨酌》

月下獨酌

李白[1]

花間一壺酒，獨酌[2] 無相親[3]。
舉杯邀明月，對影成三人。
月既不解[4] 飲，影徒[5] 隨我身。
暫伴月將[6] 影，行樂須及春[7]。
我歌月徘徊，我舞影零亂。
醒時同交歡[8]，醉後各分散。
永結無情[9] 遊，相期[10] 邈雲漢[11]。

註釋

1　**李白**：字太白（701-762），號青蓮居士，原籍隴西成紀（今甘肅平涼），出生於西域的碎葉（今吉爾吉斯北部），幼時隨父遷居四川江油青蓮鄉。另有一說認為江油青蓮鄉為其出生地。李白與杜甫並稱「李杜」。詩風豪邁奔放，想像奇特，充滿浪漫色彩，後世稱為「詩仙」。

2　**酌**：斟酒喝。酌（zhuó），粵音雀。

3　**無相親**：沒有親近的知心朋友。

4　**解**：懂得。

5　**徒**：空，白白地。

6　**將**：和。

7　**須及春**：須，應該。及春，趁着大好春光。

8　**交歡**：一同作樂。

9　**無情**：超乎世俗感情的忘我境界。

10　**相期**：相約。

11　**邈雲漢**：遙遠的天際。邈，遠。雲漢，天河。邈（miǎo），粵音秒。

導讀

　　要數中國最偉大的詩人，總少不了唐代的李白和杜甫。他們是中國詩壇上兩位最負盛名的宗師，在他們之後的詩人，不是學杜就是學李，他們可說對中國的詩歌發展影響至深。要學杜甫，還可以刻苦琢磨以致之，但要學李白，卻不是那麼容易。他的好處不在於文字格律的精緻，也不在於內容的深刻豐富。李白詩歌呈現的思想縱橫恣意，想像奇特，渾然天成，似是詩人一種獨特的天賦，常人是學不來的。賀知章就曾在看過李白的作品後稱讚他是「天上謫仙人也」，歷來讀過他作品的人無不為之傾倒。

李白生於盛唐，從武則天時代，到開元盛世，再到安史之亂，經歷了唐代由盛轉衰的年代。李白年輕時到處遊歷，任俠縱橫，曾立志有一番作為，但一直沒有晉身官場的門路。到了中年他才奉召入京待詔翰林，但因得罪權貴，一年多後便自請還山，離開朝廷，至死仍是鬱鬱不得志。

李白的詩以浪漫豪放著名，其中記錄了他在各處遊歷所見，有很多是自我思想感情的表達，豪邁之中常表現出不得志的憂鬱愁煩。他的詩中又常有很多奇特的想像，是其他人造夢也沒有想過的。

李白特別喜歡飲酒，在詩中多次提到酒。李白詩歌表現的豪情，大概與他的嗜酒不無關係。杜甫寫有《飲中八仙歌》，其中寫到李白，也表示了他的詩和酒的關係：「李白一斗詩百篇，長安市上酒家眠，天子呼來不上船，自稱臣是酒中仙。」李白才情橫逸，自視甚高，但不能適應官場，際遇一直欠佳。他的嗜酒，大概也有借酒消愁的味道。

這裏先介紹一首《月下獨酌》。從詩題可見，這詩是寫自己在月下獨自飲酒。在月下花間飲酒，本來是人生樂事，但詩中說「獨酌無相親」，表示自身的孤獨寂寥，並無可以傾訴之人。歷代騷人墨客常有這種不得意的孤寂感，但卻少有像李白般忽發奇想，沒有人相伴，他就自己「製造」一些陪客。「舉杯邀明月，對影成三人」，他邀請天上的明月來同飲，再加上自己的影子，便湊成三個人了。可惜月和影畢竟並非真的可以與詩人溝通，「月既不解飲，影徒隨我身」，沒辦法下詩人只得將就一下，「暫伴月將影」，希望能盡情行樂一番，以排解鬱悶。詩人對月高歌，對影起舞，似刻意要令

自己快樂一些，到最後詩人喝得大醉，這場飲酒歌舞也就結束了。詩人似意猶未盡，希望與明月、身影永遠結成忘情好友，將來在邈遠的天空中相見遨遊。

　　這首五言古詩，據考證約寫於天寶三年（744），李白剛因在朝廷不得志而要離開。這首詩就表現當時不得意而無人理解的心情，雖故作歡樂以排遣，實難掩那種深沉的孤寂感。全詩構思新穎，情致深婉，是李白抒情詩中別具神韻的佳作。

對月而生的感悟

——李白《把酒問月》

把酒問月

李白

青天有月來幾時，我今停杯一問之。
人攀明月不可得，月行卻與人相隨。
皎如飛鏡臨丹闕[1]，綠煙[2]滅盡清輝發。
但見宵從海上來，寧知[3]曉向雲間沒[4]。

白兔搗藥秋復春，嫦娥孤棲與誰鄰。

今人不見古時月，今月曾經照古人。

古人今人若流水，共看明月皆如此。

唯願當歌對酒時，月光長照金樽[5]裏。

註釋

1　**丹闕**：紅色的宮門。闕（què），粵音缺。
2　**綠煙**：遮蔽月光的雲彩。
3　**寧知**：怎知道。寧，豈。
4　**沒**：消失，隱而不見。
5　**金樽**：精美的盛酒器。

導讀

李白詩中最常出現的題材是「月」和「酒」，甚至到他死時，仍跟月和酒有密切關係。傳說李白晚年在當塗，一次喝得大醉，看到水中月影，想到水中撈月，卻落入水中致死。

月亮是每夜可見的星體，當夜闌人靜，人們感慨良多時，抬頭便可看到。月亮又不像太陽霸道，我們不可直視太陽，但卻可一直佇望月亮，向它傾訴。它既神秘又溫柔，因此成了千百年來文人描寫的對象。李白對月亮似乎特別鍾愛，據學者統計，在 1,166 首李白詩中，出現「月」字達 523 次，其頻率遠比其他詩人為高。酒是興奮劑，文人借酒助興，產生激情，對吟詩作文有催化作用。李白

更是出名嗜酒的詩人，杜甫便曾譽李白為「飲中八仙」之一。據統計，李白詩中寫飲酒的約佔百分之十六，比例上雖比不上陶淵明和杜甫，但李白「酒中仙」的形象卻是最為突出。

在《月下獨酌》一詩，明顯在詩題已看到「月」和「酒」。另一首明顯以「月」和「酒」為主題的詩是《把酒問月》。

這首詩中同樣看到李白對着月亮自說自話，其中有比《月下獨酌》更奇特的想像。詩的開頭劈空來一句問月：「青天有月來幾時，我今停杯一問之」。自古以來人對天上星體都有很多奇妙的想像，對它們的來源更是不能理解，不過中國人較少在作品中寫宇宙的問題。在這首詩中，李白也不是從科學角度去問這個問題，在他眼中，月亮雖然奇妙神秘，但卻與人相親相近，是可以對話和傾訴的對象。在問月之後，他用一「攀」一「隨」的對比寫出了人和月的若即若離，明月既高不可攀，但又夜夜相隨。他把月亮擬人化，對月賦予生命和感情。

詩中第五、六句描寫月的美態，寫月有如皎潔的飛鏡，發出清亮的光輝。七、八句寫月亮晚上東升，曉來西沉這亙古不變的自然規律，引發對人生哲理的思考。第九、十句又發奇想，結合神話傳說，關心月中玉兔和常年獨處的嫦娥。嫦娥長年累月只有玉兔相伴，玉兔又只顧搗藥，似乎並不能解嫦娥的孤寂。接着四句把月的恒久和人事變遷作對比，人事更替如流水，月亮作為自然和人生的見證，縱貫古今，閱盡人間的冷暖和變遷，詩人在此似乎對人生有一番感悟。詩的最後兩句則從神秘莫測的明月回到現實，轉到手中的酒杯來，期待把自己短暫的生命歡樂與永恒的月色結合，共同融化在可

解憂的酒杯裏。

　　《把酒問月》是一首七言古詩。詩中表現了開闊的眼界，創意奇特，豪邁清新。李白有過人的才華，但總是慨歎無人賞識，甚至沒有可以傾訴的知己。在他的詩中經常呈現一個特立獨行的形象，《把酒問月》中也是只能對月而歌。詩中對月的一番問話，雖然是以月亮的特性作一番人生感悟，但從憐惜嫦娥的孤棲中也隱含自身的孤獨感。

一醉能銷萬古愁

——李白《將進酒》

將進酒 [1]

李白

君不見黃河之水天上來，奔流到海不復回？君不見高堂 [2] 明鏡悲白髮，朝如青絲 [3] 暮成雪？

人生得意須盡歡，莫使金樽 [4] 空對月。天生我材必有用，千金散盡還復來。烹羊宰牛且為樂，會須 [5] 一飲三百杯。

岑夫子 [6]，丹丘生 [7]，將進酒，君莫停！與君歌一曲，請君為我傾耳聽！鐘鼓饌玉 [8] 不足貴，但願長醉不用醒！古來聖賢皆寂寞，唯有飲者留其名。

　　陳王昔時宴平樂，斗酒十千恣歡謔[9]。主人何為言少錢，徑須[10]沽取對君酌！五花馬[11]，千金裘[12]，呼兒將出[13]換美酒，與爾[14]同銷萬古愁！

 註釋

1　**將進酒**：《將進酒》是古樂府篇名，意思是「請飲酒」。《宋書》記載，漢「鼓吹鐃歌十八曲有《將進酒》」。李白以此為題，表達舉酒銷愁，盡歡放歌之意。
2　**高堂**：房屋的正室廳堂。
3　**青絲**：比喻頭髮黑而柔軟。
4　**金樽**：精美的盛酒器。
5　**會須**：正應當。
6　**岑夫子**：岑勛，是一位隱士。李白稱他為「岑徵君」，曾在詩中推崇他的高潔行誼。
7　**丹丘生**：元丹丘，是學道之人，也是李白的好友。
8　**鐘鼓饌玉**：鐘鼓，古代豪門貴族宴會時演奏的樂器，有所謂「鐘鳴鼎食」。饌玉，珍貴美味的飲食。
9　**陳王昔時宴平樂，斗酒十千恣歡謔**：陳王，指陳思王曹植。平樂，即平樂觀，漢代宮闕。曹植詩《名都篇》有「歸來宴平樂，美酒斗十千」之句，說一斗酒值一萬錢，極言其貴重，是詩人誇張之辭。恣歡謔，盡情地歡笑嬉戲。
10　**徑須**：只管。
11　**五花馬**：貴重的名種馬。五花，指馬的毛色散作五色花紋；另一說指馬的鬃毛剪為五瓣，作為裝飾。
12　**千金裘**：名貴的皮裘。《史記·孟嘗君列傳》：「孟嘗君有一白狐裘，值千金，天下無雙。」
13　**將出**：取出。
14　**爾**：你。

　　李白的《月下獨酌》和《把酒問月》都提到飲酒，而他另一篇作品《將進酒》更是專門寫飲酒。

　　《將進酒》原是古樂府篇名，漢代的鼓吹鐃歌十八曲就有《將進酒》，題意是「勸飲歌」。李白寫這首詩時已年過半百，經歷了短暫的翰林歲月後放歸還山，到嵩山一位好友元丹丘的山居作客。好友相聚，盡情縱酒放歌，一抒胸中塊壘。李白就以古樂府為題，寫出了飲酒歌的經典之作。

　　這首古體詩句式長短不一，全篇可分為三個部分。詩的開頭有兩組長句，有點像散文筆法，是李白常用的手法。這兩組詩句胸襟開闊，創意奇特。頭兩句先寫波瀾壯闊的大河從天而瀉，勢不可擋，轉眼間已奔流入海，不可再回頭。第三、四句寫人的年華轉眼消逝，由年少到老好像只經歷了一日光景。這裏第一組句寫的是空間，第二組句寫的是時間，都以誇張的手法強調世間事物的短暫，不可抵擋。這裏運用了多種十分形象化的對比。黃河奔流由天入海，從極高至極低；頭上烏黑髮絲轉眼變成白雪一般，像只是由早到晚的光景。個人生命的渺小和萬年長存的黃河同樣是一種對比，但壯闊如黃河，仍給人一去不返的感覺，更添唏噓。

　　這種慨歎接着引出了以下要把握時間盡歡的覺悟。人生既然苦短，何不把握時間，且把愁緒放下，盡歡一番？李白認為要盡歡最好莫如痛飲，把酒閒放着是一種浪費。李白的愁，除為了人生苦短，當然也有時不我與，無人賞識的慨歎。他在下面便自我開脫，指懷

才不遇只是暫時的，終會有機會一展所長，又表示對散盡千金宴客豪飲毫不介懷，是一種充滿信心的自我肯定。「天生我材必有用，千金散盡還復來」已成千古名句，是歷代讀書人用以自勉的壯語。

詩的第二部分寫眼前與朋友的歡宴。李白到嵩山穎陽山居探望好友元丹丘，另一位友人岑勛也在場，「岑夫子，丹丘生」就是指他們。李白向二人勸酒，並為二人高歌，請他們傾耳細聽，顯得興致甚高。他認為在山居與好友飲酒，勝過富貴人家的飲宴華筵。「但願長醉不用醒」一句，似乎說來簡單，卻包含了很多的悲哀。人生在世不稱意，他寧願長埋醉鄉，以逃避不愉快的現實。再加上一句「古來聖賢皆寂寞」，說出自古以來要成為聖賢都是艱難的，要與一般人不同，就逃避不了遺世獨立的命運。李白常在詩中表現寂寞的心態，他在這裏自我安慰，指富貴和名聲都不足恃，不如做個狂放的飲者，更可以留名千古。

詩的第三部分再引古人的歡宴，並請主人不要吝惜腰間錢，盡量拿出美酒盡歡。陳王就是三國時代的陳思王曹植，他才高八斗，文學地位早被肯定，但在政治上很不得意，屢遭兄長和侄兒的迫害，最後鬱鬱而終。這裏表面寫陳王在平樂觀與人歡宴的場面，不惜千金買來斗酒，恣意玩樂，引出下面請主人也不要說缺少金錢，要把值錢的東西都拿去換取美酒，與他盡情飲酒銷愁。李白在此有意以曹植自比，他大概認為自己有曹植的才華，但同樣無法一展抱負，因此他也學曹植飲酒盡歡，以銷萬古之愁。他的愁被冠以萬古之名，可見愁之多愁之沉重，他邀朋友共醉希望能銷愁，但如此沉重的愁又豈是一時能銷？

這詩雖然以哀愁開始，但李白以歡樂的豪情去化解，以銷愁作結，所表達的感情起落有致。李白作品中的哀愁總是帶着豪氣，像本詩以壯闊場景開始，最後以歡樂的豪飲作結，不會令人鬱悶。

　　這首是古體詩，屬於樂府，句式長短不一，由三字句到十字句都有，押韻也很自由，全詩讀來很有節奏感。這種體裁正合李白自然真率、豪放不羈的性格。李白的詩作以古詩為主，較少律詩作品。大概以他「不可羈勒」的性格，也不大喜歡受格律嚴謹的律詩掣肘。

豪氣干雲的
遣憂詩
——李白《宣州謝朓樓
餞別校書叔雲》

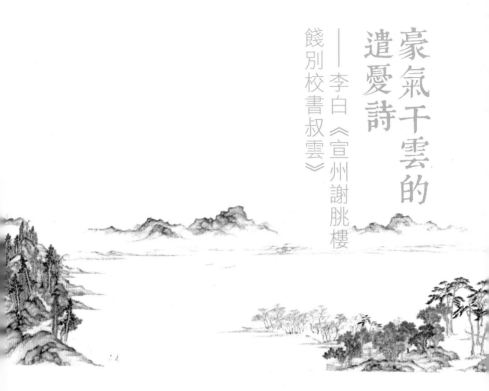

宣州[1] 謝朓樓[2] 餞別校書叔雲[3]

李白

棄我去者昨日之日不可留，
亂我心者今日之日多煩憂。
長風萬里送秋雁，對此可以酣高樓[4]。
蓬萊文章[5] 建安骨[6]，中間小謝[7] 又清發[8]。
俱懷逸興[9] 壯思飛，欲上青天覽明月。
抽刀斷水水更流，舉杯銷愁愁更愁，
人生在世不稱意，明朝散髮弄扁舟[10]。

1 **宣州**：今安徽省宣城縣。

2 **謝朓樓**：南齊詩人謝朓任宣城太守時所建，又稱北樓、謝公樓。唐末改名疊嶂樓。

3 **校書叔雲**：校書，官名，負責整理國家圖書籍本的官員。叔雲，李白的同族宗叔李雲，當時為秘書省校書郎。

4 **酣高樓**：在高樓上暢飲。酣（hān），粵音含，盡興地喝酒。

5 **蓬萊文章**：蓬萊，本指海中神山，傳說仙府典籍秘錄均藏於此，而漢代藏書處為「東觀」，當時學者稱東觀為道家蓬萊山，後唐代以「蓬萊」代指秘書省。因唐天寶年間，李雲官任校書郎，是負責整理國家圖籍的官員，故以「蓬萊文章」喻李雲文章。

6 **建安骨**：指漢獻帝建安年間，曹操父子和建安七子的作品以表現明朗剛健、悲涼慷慨為主要的特色，被後世稱為「建安風骨」。

7 **小謝**：即謝朓，南朝齊人，文章清麗，擅寫五言詩，詩多描寫自然景物。世稱「小謝」。

8 **清發**：清新煥發。

9 **逸興**：超脫世俗的意興。

10 **散髮弄扁舟**：散髮，古人平時束髮戴帽，散髮表示閑適自在，不受拘束。弄扁舟，指避世隱居。春秋時越亡吳後，范蠡「乘扁舟浮於江湖」，後世就以弄扁舟喻避世隱遁。

導讀

　　《宣州謝朓樓餞別校書叔雲》是李白的名篇。不熟悉李白詩的人，翻開《唐詩三百首》或《李白詩選》的目錄，看到這樣一個長詩題，不會有興趣立刻翻來看，因為它不像《將進酒》、《把酒問月》那麼吸引，甚至有點不明所以。到翻閱了詩，讀者就會感受到它的

吸引力。

「棄我去者昨日之日不可留，亂我心者今日之日多煩憂。」開始兩句是詩中少見的長句，各有十一個字，破空而來，一氣傾瀉而出。昨日的美好日子既是「棄我去」，又「不可留」；今日既是「亂我心」，又「多煩憂」。煩杳的句子教人感到其煩之重，其心之亂。

第三、四句又忽然開闊起來，點題寫眼前景：在高樓（謝朓樓）為族叔李雲餞別。「長風萬里送秋雁」可以是在高樓上看到的景色，「送秋雁」又可暗指送別李雲。第五句稱讚李雲的文章有建安風骨；第六句以南朝著名詩人謝朓自比。這兩句既回應「謝朓樓」，又寫餞別的主和客，都用了隱喻的手法。

在這種開闊的環境下，李白的「逸興」又來了，想飛到天上看明月。第七、八句最有李白的特色，「飛」、「上青天」、「月」都是在李白詩中常見的題材。李白有豐富的想像力，又特別有豪情壯志，常有飛越現實世界的奇想。不過，酒酣盡興之後，李白不得不回到現實，想到自己的際遇，愁煩又起，有如斬不斷的流水，無法消除排解。他本想借酒銷愁，卻不料酒入愁腸愁更愁。既然人生在世不稱意，便想到駕一葉扁舟，遁跡江湖。

這首詩寫於天寶末年，當時的唐帝國已開始衰落，李白的際遇也很不好。全詩十二句，只有四句真正點題，其餘八句都是說自己的感受。通篇說愁說憂，卻毫不會叫人鬱悶，沒有壓抑感，反而是感受到一股豪氣。李白的才情，常給人超脫俗世之感，賀知章曾稱他為「天上謫仙人」，大概他本來就不屬於塵世，不適應官場也是理所當然了。「散髮弄扁舟」，似乎是他應有的歸宿。

李白的詩一向不拘一格，豪情奔放，像詩的第一、二句都有個「者」字，像散文句式多些；又在同一詩句中重複用字，例如第一、二句的「日」重複了四次，第九句的「水」重複了兩次，第十句的「愁」重複了三次。這本來是寫詩的大忌，會令人覺得不夠精煉。而李白確是藝高人膽大，利用字的重複表現出愁煩之多、心情之亂的感受。第三至六句則含意豐富，既寫景又寫人，既寫古人又寫眼前人，既稱譽要送別的人又作自況。全詩用字淺白，但表現了豐富的內容和張力，令人誦讀之餘，不禁也想與李白一起浮一大白。

悲天憫人的民生實錄
——杜甫《茅屋為秋風所破歌》

茅屋為秋風所破歌

杜甫[1]

　　八月秋高風怒號，卷我屋上三重茅。茅飛渡江灑江郊，高者掛罥[2]長林梢，下者飄轉沉塘坳[3]。南村群童欺我老無力，忍能對面為盜賊[4]。公然抱茅入竹去[5]，唇焦口燥呼不得[6]，歸來倚杖自歎息。

　　俄頃[7]風定雲墨色，秋天漠漠[8]向昏黑。布衾[9]多

年冷似鐵，驕兒惡臥踏裏裂[10]。床頭屋漏無乾處，雨腳如麻未斷絕。自經喪亂[11]少睡眠，長夜霑濕何由徹[12]！

安得[13]廣廈[14]千萬間，大庇天下寒士[15]俱歡顏，風雨不動安如山！嗚呼！何時眼前突兀[16]見[17]此屋，吾廬獨破受凍死亦足！

🦋 註釋

1 **杜甫**：字子美（712-770），自號少陵野老，河南鞏縣人。盛唐著名詩人，與李白並稱「李杜」。詩風沉鬱頓挫，語言精煉，充滿悲天憫人的情懷。後世尊稱「詩聖」，他的作品稱為「詩史」。

2 **掛罥**：掛着，纏繞。罥，懸掛、糾結。罥（juàn），粵音眷。

3 **塘坳**：低窪積水的地方（即池塘）。坳，水邊低地。

4 **忍能對面為盜賊**：竟忍心這樣當面做「盜賊」。能，如此，這樣。

5 **入竹去**：走進竹林。

6 **呼不得**：喝止不住。

7 **俄頃**：不久，一會兒。

8 **漠漠**：陰沉迷濛的樣子。

9 **布衾**：棉被。

10 **嬌兒惡臥踏裏裂**：兒子睡覺時雙腳亂蹬，把棉被裏料蹬裂了。

11 **喪亂**：戰亂，指安史之亂。

12 **何由徹**：如何才能熬到天亮呢？徹，即徹曉，即達旦、天亮。

13 **安得**：如何能得到。

14 **廣廈**：寬敞的大屋。

15 **寒士**：貧寒的讀書人。

16 **突兀**：高聳的樣子，形容廣廈的宏偉。

17 **見**：同「現」，出現。

導讀

　　唐代是中國文治武功都很強盛的年代，中間卻又出現了一場大動亂，使帝國由盛轉衰。這個時代的多彩文化生活、動盪政局的歷練，造就了多位文學大家。要數唐代著名文學家，不得不提與李白齊名的杜甫。杜甫比李白小十二歲，更多生活在已呈衰敗的唐王朝中。他經歷了天寶年間的權貴弄權和安史之亂，看到人民所受的痛苦，寫下很多反映現實的詩篇，有「詩史」之稱，名篇有《兵車行》、「三吏」、「三別」等。杜甫以寫古詩和律詩見長，詩中深刻反映了當時的世情，表現了作為知識分子對動盪世代的感歎，一向為世人所推崇。

　　杜甫本有志效力朝廷，為民請命，但一直科場失意。到了中年他才得到一個小官，但不久又發生安史之亂。杜甫在安史之亂中四處流離，後來在四川成都定居過一段日子，也是他創作詩歌最多的時期。《茅屋為秋風所破歌》寫於 761 年（上元二年），當時杜甫五十歲，居於成都草堂。這首詩從自身着眼，寫自己居所在風中受到蹂躪，活靈活現寫出「屋漏更兼連夜雨」的實況。

　　當時杜甫的草堂建成不久，結構頗為簡陋。詩歌前十句寫茅屋遇風，屋頂的茅草被大風吹走，四散各處。這陣大風把茅草吹到江的對面，有些高掛到樹上，有些沉到塘坳，是很難取回的了；另一些以為可以拾回，誰料卻被村中頑皮的小童抱走。這個潦倒的詩人，又是生氣，又是着急，但「唇焦口燥呼不得」，顯然是「老無力」的詩人不敵群童，只得「歸來倚杖自歎息」。那種像被盜賊洗劫的

無奈感覺活現紙上。本來小童拾走掉在地上的茅草很平常,但詩人看得如此嚴重,呼小童為「盜賊」,可見不值錢的茅草對困苦的他來說,已是重要的資產。

第二節寫屋頂茅草被「劫」後,又逢連夜大雨,「床頭屋漏無乾處」。八月天氣本來並不冷,但被褥沾濕加上強風,卻是徹骨的寒冷,「雨腳如麻未斷絕」。他自己是「自經喪亂少睡眠」,看着兒子也無法安睡,把殘舊冷似鐵的被衾也蹬破,寧不心酸?

從自己在破屋瑟縮無眠的現實,詩人忽發宏願,推己及人,「安得廣廈千萬間,大庇天下寒士俱歡顏,風雨不動安如山」,如這願望能實現,即使只有自己屋破受凍而死,也心滿意足了。這首詩一向最受推崇的不是寫作技巧,而是最後幾句所表現的悲天憫人的胸襟。杜甫不會只為自己的困苦慨歎,而是會想到廣大人民的福祉。假如杜甫能看到今天香港的大型廉租屋邨,想必歡顏盡展了。

這首詩與杜甫其餘反映人民疾苦的敘事詩一樣,活現了人民在動盪時局下的困苦生活,只不過這次的主角是詩人自己。杜甫也曾當過官,算是個小官員,而詩中描寫的生活情況,卻困苦至極。這是連年戰禍所造成,小官員也潦倒至此,可以想像低下階層的人生活更不堪了。杜甫往往擔當了時代的觀察者,他的詩是那個年代的民生實錄,真不愧為「詩史」。

沉鬱頓挫的佳篇

——杜甫《旅夜書懷》、《閣夜》

旅夜書懷

杜甫

細草微風岸，危檣[1]獨夜舟。

星垂平野闊[2]，月湧大江流[3]。

名豈文章著，官應老病休。

飄飄何所似，天地一沙鷗[4]。

1　**危檣**：高聳的桅杆。檣（qiáng），粵音牆，船的桅杆。
2　**星垂平野闊**：天上的星星好像低垂至地面，使原野更為遼闊。
3　**月湧大江流**：月光映照着奔流洶湧的長江。
4　**沙鷗**：一種水鳥，因常棲集於沙灘或沙洲上，所以稱為「沙鷗」。

閣夜

杜甫

歲暮陰陽催短景[1]，天涯霜雪霽[2]寒宵。

五更鼓角聲悲壯，三峽[3]星河[4]影動搖。

野哭幾家聞戰伐[5]，夷歌數處起漁樵[6]。

臥龍躍馬終黃土[7]，人事音書漫寂寥。

1　**短景**：指冬季日短。景，日光。
2　**霽**：雨後或霜雪過後轉晴。霽（jì），粵音制。
3　**三峽**：瞿塘峽、巫峽、西陵峽的合稱。位於長江上游，介乎四川、湖北兩省之間，從前灘多水急，十分險要。
4　**星河**：星辰與銀河。
5　**野哭幾家聞戰伐**：從野外幾家人的哭聲中聽到戰爭的聲音。
6　**夷歌數處起漁樵**：漁人樵夫都唱着夷歌。當時杜甫身處夔州，地方僻遠。夷歌，指蜀地少數民族的歌謠。

7　**臥龍躍馬終黃土**：臥龍，指諸葛亮。《三國志・蜀書・諸葛亮傳》：「徐庶……謂先主曰：『諸葛孔明者，臥龍也。』」躍馬，指公孫述，他在西漢末曾乘亂據蜀，自稱白帝；左思《蜀都賦》：「公孫躍馬而稱帝。」諸葛亮和公孫述在夔州都有祠廟，詩中表示不論賢愚忠逆，最後都歸於黃土。

導讀

　　杜甫的詩除了有「詩史」之稱，他本人也被歷代尊為「詩聖」。這「詩中聖手」的稱號，是指他寫的詩達到登峰造極的境界。這種高超的寫作技巧特別在他的律詩中體現。「律詩」是到唐代才發展成熟的詩體，格式限制很大，全詩八句，每句用字的平仄及押韻都很嚴格，而且要求頷聯（三、四句）和頸聯（五、六句）對偶。杜甫卻可在這框框下創作自如，既合格律，又不損內容的深刻意義。有人說這是「帶着枷鎖跳舞」，而杜甫確是把舞跳得出神入化。可以說，杜甫寫出了歷代以來最好的律詩。他擴大了律詩所寫的範圍，無論詠懷、宴遊、山水、羈旅，甚至時事，都可用律詩表達。跟古體敍事詩一樣，他的律詩不少是寫史或時事，但更多是抒發自己在當時世局的情懷。

　　本篇介紹杜甫的兩首律詩。《旅夜書懷》是五言律詩，《閣夜》是七言律詩，都是在安史之亂後，他晚年時候所寫的。這兩首詩和下篇介紹的《宿江邊閣》和《登高》，都是杜甫在戰爭中到處流離時的詠懷之作，詩中多寫蕭條悲涼的眼前景色，引發自己憂國憂民，感懷身世的慨歎，堪稱情景交融的顛峰之作。

　　《旅夜書懷》寫於杜甫死前五年（765）。杜甫自乾元二年

（759）入蜀，在成都住過一段日子。後因嚴武離蜀還朝，成都大亂，杜甫只得離開。兩年後（764）嚴武再鎮成都，杜甫再往投靠嚴武。杜甫本以為可以安頓下來，誰料嚴武在第二年四月忽然死去，他不得不再次離開成都，乘舟東下。《旅夜書懷》就是在這次旅程中所寫的。一路上他心情沉重，回想自己到了五十多歲的晚年，仍未有安身之所，不知飄泊到何時。詩的前半寫「旅夜」的情景。一個晚上，微風吹拂，自己所乘的小舟孤零零地停泊在長滿小草的岸邊。在空闊的平野間，滿天星斗，月光下的江水湧流不息，詩人的心緒也澎湃起伏。詩的後半「書懷」，詩人慨歎一生命途多舛，到如今年老多病，飄泊無依，空有一身抱負，只留下文章名世。其中表現的情懷，是結合多年以來的經歷，有無奈，有傷感。他並沒有用一些濫情的字眼，但讓人讀來如聞聲聲哀歎，字字是淚。其中「飄飄何所似，天地一沙鷗」更成為千古名句。

《閣夜》寫於大曆元年（766），當時杜甫寄寓夔州。詩中所寫是在一個冬天晚上的所聞所感。這時安史之亂雖已平定，但各地方仍有零星叛亂發生。四川就有崔旰作亂，雖然離夔州較遠，但總不免令人擔憂。詩的前半寫歲暮冬景，一個下雪的寒夜，在「天涯」之處，詩人徹夜未眠。這裏有自傷之意，歲月催人，飄泊天涯，憂思難解。從夜深到天亮前的一段時間，他眼中所見是三峽壯闊的景色，星河倒影江上；耳中所聞有多種聲音，有悲壯的鼓角聲，有野外人家因戰事而起的哭聲，有天亮時漁人和樵夫出來工作時的歌聲，交織成既傷感又有活力的民生圖。最後兩句則寫自己的感歎。夔州附近有武侯祠和白帝城，諸葛亮和公孫述都曾在蜀地建立功

業，但歷史人物都已盡歸黃土，而自己則滯留此地，音書斷絕，寂寞無聊。

前人總結杜詩的風格為「沉鬱頓挫」。沉鬱，是指感情內涵的悲壯深厚；頓挫，是指感情表達的起伏低迴。杜甫經歷生活的坎坷，但仍不忘自己「致君堯舜上，再使風俗淳」的抱負。這些感情配合高超的寫作技巧，表現在詩中，形成了杜甫「沉鬱頓挫」的詩風，在他晚年的詩作尤其突出。《旅夜書懷》和《閣夜》兩詩，除了可看到這種「沉鬱頓挫」的詩風，也表現杜甫高超的寫作技巧。律詩要求頷聯、頸聯對偶，而這兩首詩除了《旅夜書懷》的尾聯外，全部對偶，但又不會因求工整而破壞詩中表達的深刻情懷，真不愧為大師之作。

語不驚人死不休

——杜甫《宿江邊閣》、《登高》

宿江邊閣

杜甫

暝色[1]延山徑，高齋次水門[2]。

薄雲巖際宿，孤月浪中翻。

鸛鶴追飛靜，豺狼得食喧。

不眠憂戰伐[3]，無力正乾坤[4]。

註釋

1　**暝色**：晦暗的夜色。暝（míng），粵音明。
2　**高齋次水門**：當時杜甫寓居夔州的西閣。西閣位於長江邊上，臨近瞿塘峽，有居高臨下之勢，因此稱為「高齋」。水門，指瞿塘峽。
3　**憂戰伐**：當時他的故交劍南節度使嚴武去世不久，繼任人因驕奢暴戾而被殺，致蜀中大亂。
4　**正乾坤**：把國家局勢扭轉過來。乾坤，借指天地、國家。

登高

杜甫

風急天高猿嘯哀，渚¹清沙白鳥飛迴。
無邊落木蕭蕭下，不盡長江滾滾來。
萬里悲秋常作客，百年²多病獨登臺。
艱難苦恨繁霜鬢³，潦倒新停濁酒杯⁴。

註釋

1　**渚**：水中的小洲。渚（zhǔ），粵音主。
2　**百年**：指自己一生。
3　**繁霜鬢**：滿頭白髮。
4　**新停濁酒杯**：這時杜甫正因病戒酒。濁酒，一種帶糟的酒。

　　杜甫表現其「沉鬱頓挫」的即景抒懷名篇有很多，除了前面介紹的《旅夜書懷》和《閣夜》，還有《宿江邊閣》和《登高》。這四首又同時是寫作技巧高超的律詩。

　　《宿江邊閣》與《閣夜》寫於同年。大曆元年（766）春，杜甫由雲安到夔州，同年秋寓居夔州的西閣。這兩首詩都是杜甫住在西閣時所作，詩人通過不眠時的所見所聞，抒發了他關心時事、憂國憂民的思想感情。

　　西閣在長江邊的山上，臨近瞿塘關。詩中前六句寫夜裏在閣前看到的景色。首聯「暝色」點明時間，一條登山小徑直達閣前，似乎把暝色接引（延）到西閣。這句生動地描畫了暮色自遠而至的情狀。「高齋」指西閣，「水門」指瞿塘關，這句表現西閣的位置，有居高臨下之勢。頷聯寫眼前所見自然景色。薄薄的雲層飄浮在巖石之間，像棲宿在那兒似的。江上波濤洶湧，一輪明月映照水中，就像月兒在浪中不停翻滾。頸聯寫所見動物情態。鸕鶿等水鳥白天在水面捕食魚類，現在已停止追飛安靜下來；而豺狼卻在這時出來獵食獸畜，爭喧不已。這裏既寫在這偏僻山居的真實景象，也暗喻當前戰亂中不斷喧鬧爭權、殘民自肥的軍閥。最後一聯點出自己在夜裏難以入睡，不單是因被群獸吵醒，更是為「憂戰伐」；而自己雖然為國擔憂，卻是有心無力，無法扭轉乾坤。

　　這是一首五言律詩，全詩平仄協律，且八句全部對偶。杜甫善於用動詞使詩句活起來，且看他寫「暝色」用「延」，「高齋」用

「次」，「薄雲」用「宿」，「孤月」用「翻」，都是不落俗套的精彩用字。這些動詞的位置又有變化，第一、二句在第三字，第三、四句在第五字，第五、六句的「追飛」、「得食」卻又是雙音詞。再留意一下，前三聯所寫之景，「延」與「次」、「宿」與「翻」、「靜」與「喧」，全是一動配一靜。《宿江邊閣》表現了杜甫高超的煉字技巧。

在杜甫另一首在夔州所寫作品《登高》中，同樣可見到他高超的煉字技巧。這首詩寫於 767 年，是在重陽登高時所寫的感懷詩。詩的前面四句寫登高時所見三峽景色，用了很多富動感的詞去形容，「風急」、「猿嘯」、「鳥飛」、「落木」、「長江滾滾來」，加上「天高」、「無邊」、「不盡」等寫闊大空間的詞，構成了一幅氣勢宏大的蕭殺秋景。然後從落木蕭蕭、江水滾滾引出逝者如斯的感慨，以下四句就寫自己的感懷。頸聯兩句共十四字，但包含了八層意思，可見杜甫用字的功力。「萬里」指處地之遠，「悲秋」是當下因景而生之情，「作客」指自己四處飄泊，客居此地，「常」指這種羈旅生活已有多年，「百年」指年事已高，「多病」指身體狀況極差，「登臺」點登高之題，「獨」指並無親朋在旁。尾聯寫自己因生活艱難，白髮日多，更因病潦倒剛戒了酒。

驟眼看來，這詩有點像七言古詩的恣意縱橫，寫景抒情揮灑自如，但仔細分析之下，又完全合乎七言律詩的平仄和押韻要求，怪不得讀來字字鏗鏘。跟《宿江邊閣》一樣，《登高》的八句全部對偶，共有四聯，而且有句中對，第一句的「風急」可對「天高」，第二句的「渚清」可對「沙白」。杜甫把這種體式寫得渾融流轉，合律

而又看不出聲律的束縛，對仗工整而又看不出斧鑿痕跡，若不細意分析，根本不會留意這是一首律詩。這首內容技巧俱臻化境的作品，千古傳誦，更被明代詩評家胡應麟稱為「古今七律第一」。

　　杜甫寫詩的煉字技巧甚高，曾說自己「為人性僻耽佳句，語不驚人死不休」。他會花不少心力鍛煉自己的詩句，他的很多作品都值得我們細細咀嚼。杜甫與李白的天才型作家不同，他是在艱苦中仍堅持創作，孜孜不倦、精益求精的典範。

以鳥喻人揚孝道

——白居易《燕詩示劉叟》

燕詩示劉叟 [1]

白居易 [2]

　　梁 [3] 上有雙燕，翩翩 [4] 雄與雌；銜 [5] 泥兩椽 [6] 間，一巢生四兒。四兒日夜長，索食聲孜孜 [7]；青蟲不易捕，黃口 [8] 無飽期；觜 [9] 爪雖欲弊 [10]，心力不知疲；須臾 [11] 十來往，猶恐巢中飢。辛勤三十日，母瘦雛漸肥；喃喃 [12] 教言語，一一刷羽衣；一旦羽翼成，引上庭樹枝。舉翅不回顧，隨風四散飛；雌雄空中鳴，聲盡呼不歸，卻 [13] 入空巢裏，啁啾 [14] 終夜悲。

燕燕爾 [15] 勿悲，爾當返自思，思爾為雛日，高飛背母時，當時父母念，今日爾應知。

註釋

1　**劉叟**：姓劉的老翁。
2　**白居易**：字樂天（772-846），晚年又號香山居士，河南新鄭人。中唐著名詩人，詩歌題材廣泛，語言平易通俗，婦孺能解，以諷諭詩和長篇　事詩最為著名。
3　**梁**：屋梁，今或寫作「樑」。
4　**翩翩**：自如輕快地飛行。
5　**銜**：用嘴含着。
6　**椽**：架在屋樑上用來承瓦的圓木。椽（chuán），粵音全。
7　**孜孜**：形容雛燕微弱的叫聲。孜（zī），粵音支。
8　**黃口**：這裏借指雛鳥，雛鳥的嘴多是黃色的。
9　**觜**：鳥嘴之意。觜（zuǐ），粵音嘴。
10　**弊**：疲倦。
11　**須臾**：片刻，一會兒。臾（yú），粵音余。
12　**喃喃**：象聲詞，連續不斷地小聲說話。
13　**卻**：退。
14　**啁啾**：形容鳥的叫聲。啁啾（zhōu jiū），粵音周周。
15　**爾**：你。

導讀

　　唐皇朝經歷了安史之亂，盛唐風光不再，逐漸走入了中唐時代。中唐也有不少傑出詩人，其中較為著名的有白居易。

　　白居易的詩歌創作量十分豐富，他曾將自己的詩分為諷諭、閑

適、感傷和雜律四類，較受重視的是諷諭詩。他一向主張以淺白易解的語言創作，務求婦孺能解，因此作品流傳甚廣，甚至遠至日本、暹羅（泰國）。他是「新樂府運動」的倡導者，所作「新樂府詩」影響較大，《燕詩示劉叟》是其中代表作。

這首詩原有題註：「叟有愛子，背叟逃去，叟甚悲念之。叟少年時，亦嘗如是。故作《燕詩》以諭之矣。」意即有一個姓劉的老翁，因為心愛的兒子不顧他而離去，老翁十分傷心，又想念兒子。原來老翁年輕時，也一樣背離父母。詩人就以《燕詩》作諷諭，告誡世人要孝順父母。

《燕詩》寫一對燕子的故事。詩的開始四句，寫一雄一雌的燕子配成雙，在屋樑之間築巢，生了四個雛兒。要養育雛兒一點也不容易，下面八句寫雙燕為了餵哺不斷索食的雛兒，每天辛勤地多次來往捕捉青蟲，雖然已疲累不堪，仍然不會停下來，恐怕兒女吃不飽。除了餵哺兒女，父母還要肩負教育下一代的責任。詩歌接着就寫經過雙燕三十日的辛勞，雛燕日漸長成。父母教牠們說話，又為牠們整理羽毛；待牠們羽翼長成，就帶牠們到庭中的樹枝上，開始教牠們飛行。可是當子女有能力高飛，有一天就不再回頭，隨風四散。雙燕看到子女離開，在空中不斷鳴叫，希望牠們會回來。可是即使牠們喊破喉嚨，子女也沒有再回頭。雙燕只有回到空巢裏，日夜悲鳴。

詩的最後六句是詩人的評論。他並不是同情雙燕的際遇，而是告訴雙燕不要悲哀，要他們反思一下，自己是雛鳥的時候，也一樣離棄父母高飛。當時牠們沒有顧念父母，到今日自己當了父母，也

被子女遺棄時，才體驗到父母當日的心情。

　　這首詩就是白居易最看重的諷諭詩，也可以說是一個寓言故事。詩歌借燕子的故事，寫出父母養育兒女的辛勞，告誡世人應及早體念親恩，諷刺那些背棄父母的人終有一天得到報應。白居易以淺白的語言寫詩，務求婦孺能解，就是認為詩中傳達的信息，不單讀書人要知道，像「體念親恩，孝順父母」，是每個人都要懂得的。這種講述人倫關係的道理，也不會受時代變遷所淘汰，經歷千年而仍然適用。我們今天讀《燕詩》，仍可從一雙辛勤撫育兒女的燕子，看到自己父母的身影。

　　《燕詩》雖然寫得淺白，仍有一些值得欣賞的寫作手法。作者不是平鋪直敍地講出故事和道理，詩中雙燕開始時有正面的形象，一派盡責慈愛的模樣，讀者都同情牠們的遭遇。詩的最後才來一個逆轉，點出雙燕才是諷刺的對象，牠們昔日高飛背棄父母，今日得到報應。這種安排是要給讀者當頭棒喝，令他們印象更深刻。詩中寫燕子的生活也十分生動，仔細描寫牠們的形態、聲音、動作，又用擬人法刻畫牠們的心境，令讀者更易投入。

天涯淪落人的音樂聚會
——白居易《琵琶行》

琵琶行 [1]
白居易

潯陽江 [2] 頭夜送客，楓葉荻花秋瑟瑟 [3]。

主人下馬客在船，舉酒欲飲無管絃；

醉不成歡慘將別，別時茫茫江浸月。

忽聞水上琵琶聲，主人忘歸客不發。

尋聲暗問彈者誰？琵琶聲停欲語遲。

移船相近邀相見，添酒回燈 [4] 重開宴。

千呼萬喚始出來，猶抱琵琶半遮面。

轉軸撥絃三兩聲，未成曲調先有情。

絃絃掩抑 [5] 聲聲思 [6]，似訴平生不得志。

低眉信手[7]續續彈，說盡心中無限事。
輕攏慢撚抹復挑[8]，初為霓裳[9]後六么[10]。
大絃嘈嘈[11]如急雨，小絃切切[12]如私語；
嘈嘈切切錯雜彈，大珠小珠落玉盤。
間關[13]鶯語花底滑[14]，幽咽泉流水下灘。
水泉冷澀[15]絃凝絕，凝絕不通聲漸歇。
別有幽愁暗恨生，此時無聲勝有聲。
銀瓶乍破水漿迸[16]，鐵騎突出刀鎗鳴。
曲終收撥[17]當心畫[18]，四絃一聲如裂帛[19]。
東船西舫悄無言，唯見江心秋月白。
沉吟放撥插絃中，整頓衣裳起斂容[20]。
自言本是京城女，家在蝦蟆陵[21]下住。
十三學得琵琶成，名屬教坊[22]第一部。
曲罷曾教善才[23]服，妝成每被秋娘[24]妒。
五陵年少[25]爭纏頭[26]，一曲紅綃[27]不知數。
鈿頭銀篦[28]擊節[29]碎，血色羅裙翻酒污[30]。
今年歡笑復明年，秋月春風等閑度[31]。
弟走從軍阿姨死，暮去朝來顏色故；
門前冷落車馬稀，老大嫁作商人婦。
商人重利輕別離，前月浮梁[32]買茶去，
去來江口守空船，繞船月明江水寒。

夜深忽夢少年事，夢啼妝淚紅闌干。

我聞琵琶已歎息，又聞此語重唧唧 [33] 。

同是天涯淪落人，相逢何必曾相識？

我從去年辭帝京，謫居 [34] 臥病潯陽城。

潯陽地僻無音樂，終歲不聞絲竹聲。

住近湓城 [35] 地低濕，黃蘆苦竹繞宅生。

其間旦暮聞何物？杜鵑啼血猿哀鳴。

春江花朝秋月夜，往往取酒還獨傾。

豈無山歌與村笛？嘔啞嘲哳 [36] 難為聽。

今夜聞君琵琶語，如聽仙樂耳暫明。

莫辭更坐彈一曲，為君翻作 [37] 琵琶行。

感我此言良久 [38] 立，卻坐 [39] 促絃 [40] 絃轉急。

淒淒不似向前 [41] 聲，滿座重聞皆掩泣。

座中泣下誰最多，江州司馬青衫 [42] 濕。

註釋

1　**《琵琶行》**：作於唐憲宗元和十一年（816）秋，當時白居易四十五歲，任江州司馬。

2　**潯陽江**：在江西省九江市北，是長江的一段。潯（xún），粵音尋。

3　**瑟瑟**：擬聲詞，形容風聲。

4　**回燈**：重新點上燈。

5　**掩抑**：形容絃聲低沉。

6　**思**：沉重悲涼。

7　**信手**：隨手。

8　**輕攏慢撚抹復挑**：攏、撚、抹、挑，是彈琵琶的幾種指法。

9　**霓裳**：即唐代宮廷舞曲《霓裳羽衣曲》。

10　**六么**：樂曲名，以琵琶為起調，節奏繁急。

11　**大絃嘈嘈**：大絃，粗絃，低音絃。嘈嘈，熱鬧聲。

12　**小絃切切**：小絃，細絃，高音絃。切切，幽細聲。

13　**間關**：狀聲詞，形容鳥叫聲。

14　**花底滑**：形容聲音流麗輕快。

15　**冷澀**：凝滯、不暢通。

16　**迸**：向外四散。

17　**撥**：挑動樂器絃索的用具。

18　**畫**：同「劃」。

19　**裂帛**：形容聲音清厲，如撕裂絲綢的聲音。

20　**斂容**：端正容貌，表示肅敬。

21　**蝦蟆陵**：在長安城東南，曲江附近，是當時有名的遊樂地區。蝦蟆（hāma），
　　粵音哈麻。

22　**教坊**：唐代官辦掌管音樂、雜技、舞蹈的機關，負責各種教習、排練和演出事務。

23　**善才**：唐代對琵琶藝人或曲師的通稱。

24　**秋娘**：唐時樂伎常用的名字。

25　**五陵年少**：指長安富貴人家的子弟。五陵，在長安城外，有漢代五個皇帝的陵墓；
　　漢代豪富之家多住在這一帶。

26　**纏頭**：古代舞伎以彩錦纏頭，當賓客賞舞完畢，常贈羅錦給舞者為賞，稱為「纏
　　頭」。後把送給歌伎或妓女的財物亦稱為「纏頭」。

27　**綃**：精細的絲織品。綃（xiāo），粵音宵。

28　**鈿頭銀篦**：兩頭鑲着花鈿的銀篦子。鈿（diàn），粵音田，花形飾物。篦（bì），
　　粵音備，細齒梳子，用以除去髮垢，或插在頭上當髮飾。

29　**擊節**：打拍子。

30　**翻酒污**：潑翻了酒，弄髒了衣服。

31　**秋月春風等閑度**：秋月春風，指一年中的良辰美景。等閑度，隨便度過。

32　**浮梁**：古縣名，唐屬饒州，今屬江西省景德鎮市。唐代的浮梁茶曾名聞天下。

33　**唧唧**：歎息聲。

34 **謫居**：元和十年，宰相武元衡被藩鎮李師道派人刺殺，白居易上書請緝捕刺客，得罪了權貴，被貶為江州司馬。謫，遭貶謫。

35 **湓城**：位於今江西省瑞昌市，以湓水得名。

36 **嘔啞嘲哳**：都是雜亂不悦耳的聲音。哳（zhā），粵音扎。

37 **翻作**：指按曲調寫成歌詞。

38 **良久**：許久。

39 **卻坐**：退回原處重新坐下。

40 **促絃**：將絃線擰緊。

41 **向前**：剛才。

42 **青衫**：黑色單衣，唐代低級官員的官服顏色為青黑色。

導讀

　　白居易除了擅寫諷諭詩，他的敍事詩也十分著名，其中最膾炙人口的，是他的史詩式作品《長恨歌》。這首詩寫唐玄宗和楊貴妃在安史之亂前後十多年間的愛情故事，全詩共一百二十句，八百四十字，是詩歌中的長篇。它的情節豐富而通俗易明，一直為世人所喜愛，也被歷代小說家和戲曲家所搬演。

　　另一首為人熟知的白居易作品是《琵琶行》。《琵琶行》也是長篇敍事詩，全詩八十八句，六百一十六字，比《長恨歌》略短。詩中寫淪落天涯的琵琶女和被貶江州的詩人偶遇，引發出一個動人的場面。以六百多字寫一個晚上的聚會，可見其中的描寫十分細緻。《琵琶行》詩前有序，說明寫這首詩的緣起：

　　「元和十年，予左遷九江郡司馬。明年秋，送客湓浦口，聞船中夜彈琵琶者，聽其音，錚錚然有京都聲；問其人，本長安倡女，嘗學琵琶於穆曹二善才。年長色衰，委身為賈人婦。遂命酒，使快

彈數曲，曲罷憫然。自敍少小時歡樂事，今漂淪憔悴，轉徙於江湖間。予出官二年，恬然自安，感斯人言，是夕，始覺有遷謫意，因為長句，歌以贈之，凡六百一十六言，命曰琵琶行。」

白居易說自己出任九江司馬時，有一晚送客到江邊，聽到鄰船有人彈奏琵琶，有京都的樂聲，便邀請彈奏者過船彈奏。彈奏者說自己年少時本是長安的歌伎，學得一手好琵琶，過着夜夜笙歌的生活，所得賞賜無數；但年長色衰時，只有嫁作商人婦，漂泊江湖之間。白居易聽到她的遭遇，忽然感慨起來，對自己被貶謫有所感觸，於是寫成這詩贈給她。

《琵琶行》用十二句寫遇到琵琶女的經過，用二十八句寫彈奏琵琶的情況，用二十二句寫琵琶女自述身世，用二十句寫自己因此勾起被貶謫的感慨而寫作此詩，最後六句寫再奏一曲時在座者的反應作結。

詩的開頭交代詩人在潯陽江頭夜送客，宴罷主客將別，忽然聽到水上傳來琵琶聲，於是邀請彈奏之人移船演奏，重新開宴。以下二十八句描寫演奏琵琶的情況。頭兩句「千呼萬喚始出來，猶抱琵琶半遮面」先寫演奏者的姿態，她遲遲不出來，又以琵琶半遮面，顯示了這女子的矜持，也增加了神秘感。下面寫演奏開始，最初八句先寫彈奏的手法和神態，其中在描寫彈奏手法中，穿插寫彈奏者的「情」。「未成曲調先有情」、「似訴平生不得志」、「說盡心中無限事」三句，說出彈奏者吸引作者的，是有濃厚的感情傾注在曲調之中。接着十四句由「輕攏慢撚抹復挑」至「此時無聲勝有聲」寫樂聲和演奏的技巧。視覺和聽覺是不同的感官，要用文字來表達

聲音並不容易，要寫出樂音的美妙難度更高。白居易用大量比喻來寫琴音的特點，大的樂音像急雨，小的樂音像人喁喁細語，大小樂音錯綜起來，有如大和小的珍珠錯落地跌落在玉製的盤中。以下四句除了以鶯語和泉流來比喻琴音，更描繪了不同景色來形容琴音的變化，像是從春天有舒緩喜悅的花間鳥語，變為冬天水泉冷澀而幾近凝固，至此聲音由漸低至幾乎完全停頓。白居易在此點出了樂曲中一些留白的作用，是「此時無聲勝有聲」。

後面四句寫琴音停頓後又陡然迸起，像銀瓶忽然爆破，琴音高亢，越來越響，像千軍萬馬刀鎗交併。當聲音到達高潮，聽眾情緒到了高峰時，演奏者忽然在琵琶四條絃線當心一畫，以一急速的、像撕裂布帛的聲音收結。下面四句寫曲終的情況，曲已奏完，但曲終人未散，聽者都不動不語，似乎仍未從音樂的震動中恢復過來。這是以聽眾的反應去襯托琴音的引人入勝，又以一句「唯見江心秋月白」寫景，襯托這個忽然寂靜的氣氛。最後描述演奏者放下琵琶站起，「整頓衣裳起斂容」，也是演奏的真正結束。

一向以來，以文學形式描寫音樂的作品不多，尤其以詩歌的形式來表現的更少。白居易以高超的文字技巧，使讀者感受了一場精彩的琵琶演奏，如聞其聲，如見其人。用今天的分析術語，這可說是以「通感」的方法，讓讀者用眼睛去「聽」音樂。

詩人在描寫琵琶演奏完畢後，開始交代演奏者的身世，並以琵琶女自白的方式道出。她自言是京城人士，屬教坊中人，十三歲已學得一手好琵琶。「曲罷曾教善才服」至「秋月春風等閑度」八句寫她年少時風光的日子，藝高貌美，富家子弟爭相饋贈，夜夜歡宴，

笙歌不斷。可惜好景不常，在「弟走從軍阿姨死，暮去朝來顏色故」這兩句轉折之後，便是八句強烈對比的淪落生活：年華漸老，門庭冷落，只得嫁作商人婦，以求歸宿；但商人經常離家遠行，自己獨守空船，夜來夢到少年事，只有暗自飲泣。

詩人先受到琵琶演奏的震動，再聽了琵琶女的身世，興起了濃烈的感慨之情：「我聞琵琶已歎息，又聞此語重唧唧。同是天涯淪落人，相逢何必曾相識？」琵琶女自繁華歸於平淡，老來嫁作商人婦，本也是這類人物的必然命運，並非特別感人肺腑，為何白居易卻對她傾注這樣濃烈的感情？這是因為他的感慨並非單純因外在的因素而來，而是這個外來的因素觸動了他內心一直埋藏着的悲情，藉這次聽琵琶而一併發洩出來。他表示自己去年貶謫至此，一直臥病。潯陽地處偏僻，終年聽不到樂聲，只有杜鵑和猿猴的哀鳴，以及難聽的山歌和村笛。《琵琶行》作於元和十一年（816）秋。在這之前一年，白居易因宰相武元衡被刺事件開罪了朝廷的權貴，被貶為江州司馬。司馬是刺史的助手，聽起來好像不錯，但實際上，在中唐時期這個職位是專門安置「犯罪」官員的，是變相發配到某地去接受監督看管。當時江州（今江西九江市）地勢荒僻，環境惡劣，白居易臥病傷懷，四周更無一點開心解悶的東西。當然這是詩人主觀心情欠佳，所以舉目無可觀，聲聲難入耳。到他遇到琵琶女，首先吸引他的是「京都聲」，然後由琵琶女的身世引起他「同是天涯淪落人」的感慨。在苦悶寂寞中，他把琵琶女的琴音當作一種發洩和慰藉，有如得聞仙樂，更要為她寫作《琵琶行》。

最後，琵琶女也受到這位知音人感動，不免再奏一曲，琴聲卻

比之前更哀怨，使聽眾都哭起來。「座中泣下誰最多，江州司馬青衫濕。」為何白居易哭得最厲害？已不言而喻了。他把歌詠者與被歌詠者的思想感情融而為一，大家命運相同、息息相關，最後同聲一哭，也令到千古讀者為之感動。

白居易的《琵琶行》是唐詩的名篇，詩中寫琵琶演奏一段，更為歷代人所讚賞，被譽為描述音樂的經典。這首詩中很多句子都成了千古傳誦的名句，有些我們到今天還經常使用，如「千呼萬喚始出來」、「此時無聲勝有聲」、「同是天涯淪落人，相逢何必曾相識」。這首詩雖然不及《長恨歌》的史詩式愛情故事為人熟悉，流傳沒有那麼廣，卻有另一角度的欣賞價值。它仔細記載了詩人自己的一個生活片段，遇到一些人，引起一種感慨。他遇到的琵琶女是社會中的小人物，可能被其他人遺忘，但他與這個琵琶女的相遇激起了一種強烈的感情，以詩歌記下了這個動人的片段。文學作品不一定要寫很偉大的事，或作者有很偉大的抱負才可流傳千古，只要寫得精彩，寫得深刻，便值得後世人欣賞。

朦朧委婉之美

——李商隱《無題》

無題

李商隱[1]

相見時難別亦難，東風[2]無力百花殘。
春蠶到死絲方盡，蠟炬成灰淚始乾。
曉鏡[3]但愁雲鬢[4]改，夜吟應覺月光寒。
蓬山[5]此去無多路，青鳥[6]殷勤為探看。

註釋

1 **李商隱**：字義山（約813- 約858），號玉谿生、樊南生，懷州河內（河南沁陽）人。晚唐著名詩人，作品構思新奇，風格濃麗，以愛情詩最為人傳誦。

2 **東風**：春風。

3 **曉鏡**：早上照鏡子。鏡，這裏作動詞用。

4 **雲鬢**：青年女子的頭髮，代指青春年華。

5 **蓬山**：指海上仙山蓬萊山。這裏指想念對象的居處。

6 **青鳥**：傳說中西王母的使者，能為情人傳遞消息。

導讀

唐代是中國詩歌最鼎盛時期，除了盛唐的王維和李白，介乎盛唐和中唐之間的杜甫，中唐的白居易，到了晚唐仍有不少出色的詩人，李商隱是其中之一。他與杜牧齊名，有「小李杜」之稱，但他對後世的影響比杜牧大得多。許多評論家認為，李商隱在唐代詩人的重要性，僅次於李白、杜甫和王維。在清人選輯的《唐詩三百首》中，李商隱詩的數量就佔第四位。他的七律寫得很好，更創造了一種獨特的風格，以清麗詞句構成朦朧委婉之美。在宋代及以後，李商隱詩受到很多人喜愛，也有多人模仿。

李商隱以他的「無題詩」最受注意，在李商隱之前並沒有人刻意以「無題」為詩命題，只有些因年代久遠而遺失題目，而李商隱詩作中卻有十多首題作《無題》。這些《無題》詩大多含蓄委婉，主題隱晦，有眾多不同的解說。有人認為李商隱《無題》詩中另有寄託，這與他的坎坷政治經歷有關。李商隱自負才華，但一直沒有

晉身官場的門徑，直到遇上當時的天平軍節度使令狐楚。令狐楚很賞識李商隱，讓他成為自己的幕僚。因令狐楚的關係，李商隱終於得中進士。但不久令狐楚病逝，李商隱應涇源節度使王茂元的聘請到甘肅任幕僚。王茂元很賞識他，甚至把女兒嫁了給他。誰料這令李商隱捲入了當時的牛李黨爭漩渦之中。令狐楚屬牛黨，王茂元則被視為李黨中人。李商隱投靠王茂元，被牛黨的人認為他忘恩負義，而李黨的人又認為他是牛黨。於是李商隱兩面不討好，無論牛黨還是李黨當政，他都受到排擠，終其一生只能在不同地方當低級幕僚。政治上的打擊，加上後來中年喪妻，使李商隱心中有難解的鬱結，他的詩作也常見難以言喻的感傷。

這裏介紹李商隱「無題詩」中最為人傳誦的一首。詩歌既稱「無題」，我們不知道是為了甚麼主題而寫，只能以字面去理解詩意。這似一首愛情詩，表現相思之情的纏綿悱惻。詩的第一句便有無限傷感，句中用了兩個「難」字，「相見時難」表示與相思之人難以見面，「別亦難」卻不是困難，而是分別時難以割捨，痛苦難以忍受。第二句寫「東風無力」，意即春天已近尾聲，百花開始凋謝，比喻美好時光的逝去，有一種無奈之感。第三、四句最為經典，寫一種深刻的思念和癡情，至死不渝。「絲」與「思」諧音，表示自己對相思之人的想念，有如春蠶吐絲，至死方休。蠟炬燃燒時滴下蠟淚有如人的哭泣，借以表示這種不能相聚的悲哀不絕，像蠟炬要燒盡成灰淚才會乾。詩人以形象化的意象去表現抽象的感情，表示相思眷戀之深，卻因無法相聚而感到失望痛苦，但內心仍有一種熾熱的追求，至死不渝。

　　以上四句寫內在的感情，下面則從外在描寫進一步刻畫感情。第五句寫主人公早上照鏡發現雲鬢有變，應是因思念的折磨致鬢髮變白，看到自己憔悴的樣子又不免發愁。第六句寫晚上大概不能成眠，吟詩遣懷，但也無法排解，只有淒冷的月光相伴。他這樣夜不成寐，早上為顏容憔悴發愁，形成惡性循環，越墮越深。尾聯寫既思念深切，卻又無法見面，只好盼望有使者代傳音信。詩人以蓬山借喻對方居處，既無路可登，希望有像王母使者的青鳥，飛到山上代為探望。

　　這是一首七言律詩。按照律詩的規則，中間兩聯需要對仗。這首詩的頷頸兩聯就對偶工整，但又似隨口道來，完全不覺有斧鑿痕跡。李商隱的《無題》詩大多含蓄委婉，主題朦朧，有眾多不同的解說，而他以清麗詞句和豐富的意象表現細膩的感情，音節鏗鏘，哀婉動人，受到歷代讀者的欣賞。

如幻如煙的迷人意象

——李商隱《錦瑟》

錦瑟

李商隱

錦瑟無端五十絃[1]，一絃一柱[2]思華年。
莊生曉夢迷蝴蝶[3]，望帝春心託杜鵑[4]。
滄海月明珠有淚[5]，藍田日暖玉生煙[6]。
此情可待成追憶，只是當時已惘然[7]！

註釋

1 **錦瑟無端五十絃**：錦瑟，裝飾華美的瑟。瑟是一種彈撥絃樂器，形狀似箏。相傳古時瑟有五十絃，聲調悲哀，後改為二十五絃。無端，無緣無故。

2 **一絃一柱**：瑟絃各有柱，可上下移動，以定聲音清濁高低。

3 **莊生曉夢迷蝴蝶**：《莊子‧齊物論》：「莊周夢為蝴蝶，栩栩然蝴蝶也；自喻適志與！不知周也。俄然覺，則蘧蘧然周也。不知周之夢為蝴蝶歟？蝴蝶之夢為周歟。」這裏引「莊周夢蝶」故事，有人生如夢，往事如煙之意。

4 **望帝春心託杜鵑**：望帝，古蜀國君主。傳說他因水災讓位給臣子，而自己則隱居山林，死後化為杜鵑日夜悲鳴，直至啼出血來。《華陽國志‧蜀志》：「杜宇稱帝，號曰望帝。……其相開明，決玉壘山以除水害，帝遂委以政事，法堯舜禪授之義，遂禪位於開明。帝升西山隱焉。時適二月，子鵑鳥鳴，故蜀人悲子鵑鳥鳴也。」春心，傷春之心，比喻對美好事物的懷念。

5 **滄海月明珠有淚**：滄海，暗綠色的大海。相傳南海有鮫人（即人魚），他們的眼淚變成珍珠。《博物志》：「南海外有鮫人，水居如魚，不廢績織，其眼泣則能出珠。」

6 **藍田日暖玉生煙**：《元和郡縣志》：「關內道京兆府藍田縣：藍田山，一名玉山，在縣東二十八里。」《困學紀聞》卷十八：司空表聖云：「戴容州謂詩家之景，如藍田日暖，良玉生煙，可望而不可置於眉睫之前也。李義山玉生煙之句蓋本於此。」

7 **惘然**：心情迷惘的樣子。

🚣 導讀

　　李商隱的詩以含蓄委婉，哀怨動人見稱。為何李商隱多首作品的含意都十分隱晦？有人認為與他的政治經歷有關。他陷於牛李黨爭的政治漩渦中，卻又兩面不討好，變成「裏外不是人」，有「動輒得咎」的恐懼。他在作品中抒發的情感，很多時不便直言，免得

被人拿來作為攻擊的把柄，只能化成似是而非、似有還無、委婉朦朧的哀怨之詞。

除了《無題》詩，李商隱最受談論的是《錦瑟》一詩。評論者歷來對這詩眾說紛紜，有說是自傷身世，有說是悼念亡妻，有說是思慕情人，更有人認為有隱晦的政治寓意。我們沒有足夠資料追查此詩深入的寓意，只能就字面和李商隱的際遇去解讀。

這首詩以「錦瑟」起句，也以此為題。古書記載「瑟」本有五十絃，因樂音過於悲哀，黃帝命人把它一分為二，變成二十五絃。「一絃一柱」代表瑟的樂音，詩人應是以古瑟的哀音，去哀悼自己逝去的美好日子。頷聯兩句以古人典故作借喻。「莊周夢蝶」的故事很多人都聽過，這故事出自《莊子‧齊物論》，莊子本是用作萬物齊一的哲學思考，李商隱引此是表示對自我身份的迷惘。望帝化成杜鵑，為失落的國家啼血，包含相當的怨恨和無奈。這兩個典故成為詩人代表自己心態的意象。頸聯兩句最難解，它同樣用典，描繪了兩個淒美而奇幻的畫面。上句用南海鮫人哭泣成珠的傳說，下句寫藍田日暖，良玉生煙，有可望不可即之意。有人認為李商隱以明珠良玉自比，卻未得賞識，也有人認為這是他悼念亡妻之詞。這兩句始終難以有一個明確的解釋，讀者只能從這兩個奇幻的意象中，得到一種淒美、迷惘的感受。最後一聯似乎意思較為明確，慨歎以前種種只能成為追憶，思想起來卻又有惘然之感。不過，「此情」是指甚麼，詩人並沒有明言，只知是已過去的，成為「追憶」的情。此詩始終給讀者留下了許多問號。

這首詩給人一種迷惘的感覺，雖題旨眾說紛紜，但如解讀為李

商隱對自己一生坎坷際遇的回顧而發的感傷，亦無不可。他追憶自己逝去的青春年華，傷感自己不幸的遭遇。他的感情是複雜的，結合自傷、迷惘、無奈、怨恨、悼亡而成，無法細表，只能以豐富的意象，讓讀者去感受。全詩運用比興，善用典故，詞藻華美，含蓄深沉。這詩為人欣賞的，不在理性的分析，而在感性的意象美，令人進入一個如幻如煙的境界，悵惘其中，不能自拔。

李商隱的詩大多詞藻華美，含蓄深沉，情真意長，感人至深。詩中隱晦的詩意、奇幻的意象，成為唐詩另一種獨特的表現形式。這種詩風為後世詩人所喜愛，模仿的人很多。特別是其中呈現的熱切追尋、深情眷戀、迷惘失落，以及沉迷執着，在個人主義和現代主義興起後，更受讀者的喜愛。

別是一般滋味在心頭

——李煜兩首《相見歡》

相見歡 [1]

李煜 [2]

其一

　　無言獨上西樓，月如鈎，寂寞梧桐深院鎖清秋 [3]。　　剪不斷，理還亂，是離愁 [4]。別是一般 [5] 滋味在心頭。

其二

　　林花謝 [6] 了春紅，太匆匆！無奈朝來寒雨晚來風。　　胭脂淚 [7]，相留醉，幾時重 [8]？自是人生長恨水長東！

註釋

1. **《相見歡》**：詞牌名。原為唐代教坊歌曲，又名《烏夜啼》、《秋夜月》。
2. **李煜**：字重光（937-978），初名從嘉，彭城（今江蘇徐州）人。五代十國南唐第三任君主，史稱李後主。他不通政治，但文學藝術修養極高，精通音律，對詩文有一定造詣，以詞的成就最高。
3. **鎖清秋**：深深被秋色籠罩。
4. **離愁**：指離開故國之愁。
5. **別是一般**：也作「別是一番」，指另有一種意味。
6. **謝**：凋謝。
7. **胭脂淚**：原指女子的眼淚，女子臉上搽有胭脂，淚水流經臉頰時沾上胭脂的紅色，所以稱「胭脂淚」。這裏用比喻，指鮮豔的林花着雨後的模樣。
8. **幾時重**：何時再度相會。

導讀

「詞」是中國文學史上一種特殊的詩體，最早源於古樂府，興起於唐代，到晚唐時已有長足的發展。唐亡後局勢混亂，多國並立，但詞的創作卻在一些小國得以發展，成為開拓宋詞格局的前驅。最著名的五代詞人是一個小國的君主——南唐後主李煜。

李煜是很有才華的文學家和藝術家，又是很懂得追求生活情趣的人，詩詞、書法、繪畫、音樂都精通，他的皇后又是出色的舞蹈家。可惜他錯生在帝皇之家，而且是在一個動盪的局勢之中，後期的遭遇很悲慘。南唐在他父親的時代已受到北方大國後周的脅迫，臣服於後周。宋朝建立後，南唐繼續臣服於宋。李煜篤信佛教，又是文人性格，沒有興趣經營國事，只知道退縮忍讓。他雖然降格稱

臣，但當宋太祖逐漸統一全國後，南唐最後也免不了亡國的命運。李煜出城投降成為俘虜，被宋太祖軟禁在宋都汴京，過了幾年便被繼位的宋太宗派人毒死。

李煜的詞按他的際遇而分為前後兩期。他前期過着宮廷的奢華生活，詞作綺豔柔靡；後期成為亡國奴，日夕以淚洗面，詞作寄託深沉的悲哀，感人至深。李煜雖是失敗的君主，但亡國之痛卻造就了文學上的成就，更被譽為詞壇第一人。

這裏介紹他的兩首《相見歡》，詞中沒有明顯寫及國事，但其中的淡淡哀愁，表現了他後期作品的主旋律。

我們先看第一首《相見歡》（無言獨上西樓）。詞的第一句展現了一個孤獨的身影緩緩登上小樓，既「獨上」且「無言」，淒清之餘更顯得心情沉重。月是殘缺的，深院中只有梧桐。梧桐在古典文學中一向代表愁緒落寞，秋天則代表蕭殺、衰敗；幾種意象合在一起，加上「寂寞」、「鎖」等字眼，營造了一個淒涼孤寂的氣氛。詞的一般作法為上闋寫景，下闋抒情。這裏上闋所寫之景，有借景抒情之意。被「鎖」於深院的「寂寞梧桐」，正是他的自身寫照。下闋寫情直抒胸臆，也有用比喻手法，把纏擾不清的愁緒比喻為絲縷，既剪不斷，也不能理順，可見愁之長、心之亂，無法排遣。這是一種離愁，但與一般人親友或男女之間的分離有別，是「別是一般滋味」，可以想見李煜所指的是與故國的分離。這種別離比一般的離愁來得更沉痛，更無奈，而李煜只是淡淡道來，詞中沒有沉痛的字眼，但這種滋味卻是有苦說不出，正是一種無言之哀。

這首《相見歡》寫秋夜的愁緒，透過短短詞章，對淒清環境的

刻畫，道出一種不足為外人道的悲情。

　　李煜另一首以相同詞牌《相見歡》所寫的作品（林花謝了春紅），寫的卻是春景。全首詞以樹林的花為主要對象。春天的花是美好事物，但詞一開始就說花已謝了，讓人隱約感到在充滿生機的春天中已出現衰敗。春天的花開過便凋謝，本也是自然現象，但下句寫「太匆匆」，表示花的凋謝是來得太快了。原來花的凋謝是因受到早上的寒雨和晚上的風所侵襲，並非自然的更替而是夭折，身不由己，因此冠上「無奈」二字。上闋寫出林花凋謝的景象，雖是寫景，已寄寓了詞人的感情取向和自身的際遇。

　　下闋「胭脂淚，相留醉」兩句有一種哀豔的氣氛，更形象地寫出被寒雨打落的林花形態。花有淚顯得有情，是擬人化的寫法。這淚既是花的，也是人的，正如杜甫名句「感時花濺淚」一樣。「相留醉」的「醉」並非陶醉，而是人對花的留戀到了如癡如醉的地步。雖然留戀，但林花謝去已難挽回，不知幾時才可重現。這種無奈的被雨打風吹去的花落現象，在自然界中經常出現，人也回天乏力，只能慨歎飲恨。「水長東」是不可改變的現象，也有水是無情之歎，水只會流逝，不可使其停留。此句與李煜另一首詞《虞美人》的「問君能有幾多愁？恰似一江春水向東流！」意思和手法相近，形象化地表示自己的愁和恨綿綿無盡，不能停止。

　　詞中所寫可以有多層意義，結合李煜的際遇，林花可指故國南唐，也可指往日的生活。他哀歎這些美好事物已無奈逝去，不可挽回，只留下綿綿長恨，如水之長向東流。這首詞比《相見歡》（無言獨上西樓）有較多傷感字眼，但不會給人刻意作態的感覺。這首

詞不單可結合李煜亡國之悲，放諸現實人生，這種美好事物的短暫，不可再追的無奈之情，也是歷久常新，所以得到千古以來的讀者共鳴。

　　李煜被譽為詞壇宗匠，他的詞用語淺白易明，似不加雕琢修飾，自然而成。由於經歷亡國之痛，他後期的詞表現的感情特別深厚，有很多人生的感歎。兩首《相見歡》各只有三十六字，已情景交融地寫出了深沉的愁思，有深遠的意境。詞中有極短句（三字），也有極長句（九字），李煜同樣運用自如，似順手拈來，但手法絕不平淡，包含的意象豐富，修辭多樣化，有白描、比喻、擬人、反問、連綿等，加上感情深厚而委婉，是備受讚賞的佳作。

多情自古傷離別

——柳永《雨霖鈴》

雨霖鈴 [1]

柳永 [2]

　　寒蟬淒切 [3]，對長亭晚 [4]，驟雨初歇。都門帳飲 [5] 無緒 [6]，留戀處，蘭舟 [7] 催發。執手相看淚眼，竟無語凝噎 [8]。念去去 [9]、千里煙波 [10]，暮靄沉沉 [11] 楚天 [12] 闊。　　多情自古傷離別，更那堪、冷落清秋節 [13]。今宵酒醒何處？楊柳岸、曉風殘月。此去經年 [14]，應是良辰好景虛設。便縱有、千種風情 [15]，更與何人說！

註釋

1 **《雨霖鈴》**：詞牌名，又名《雨淋鈴》。原為唐代教坊歌曲。相傳唐玄宗避安
　史之亂入蜀，被迫在馬嵬坡賜死楊貴妃。叛亂平定後，玄宗北還，路途中遇雨
　聞鈴而思念貴妃，故作此曲。曲調本身具有哀傷的成分。

2 **柳永**：字耆卿（約987-1053），北宋崇安（今福建武夷山）人。北宋著名詞人，
　為婉約詞派代表。他的詞作流傳極廣，有說「凡有井水飲處，即能歌柳詞」。

3 **寒蟬淒切**：寒蟬，一種蟬，常於秋季日暮時分鳴叫，聲音幽抑。文藝作品或詩
　詞中多用以烘托悲涼的氣氛和情調。

4 **對長亭晚**：面對長亭，正是傍晚時分。長亭，古人餞行送別的地方。

5 **都門帳飲**：在京都郊外搭起帳幕設宴餞行。都門，京城門外。

6 **無緒**：沒有情緒，無精打采。

7 **蘭舟**：據《述異記》載，魯班曾刻木蘭樹為舟，後用作船的美稱。

8 **凝噎**：悲痛氣塞，說不出話來。噎，同「咽」。

9 **去去**：重複「去」字，表示行程之遠。

10 **煙波**：水霧迷茫的樣子。

11 **暮靄沉沉**：暮靄，傍晚的雲氣。沉沉，深厚的樣子。

12 **楚天**：南天。古時中國長江以南地區屬楚國，故以楚天泛稱南方天空。

13 **清秋節**：蕭瑟冷落的秋季。

14 **經年**：經過一年或多年，這裏指年復一年。

15 **千種風情**：形容說不盡的相愛、相思之情。風情，情意。

導讀

　　「詞」這種文學體裁，經過晚唐五代的發展，至宋代已極為繁
榮。宋代不僅詞家眾多，而且風格多樣，詞的創作已十分成熟，而
「宋詞」也成為了中國文學史上的專用名詞。詞本以婉約風格為主，
多寫男歡女愛，離愁別恨，到蘇軾才始創豪放一派。柳永是宋代婉

約詞派的代表人物，也是第一個以寫詞為專業的人。他通曉音律，熟悉舊調，詞作明白曉暢，流傳甚廣，當時「凡有井水飲處，即能歌柳詞」（葉夢得《避暑錄話》）。柳永因失意仕途，終日流連歌坊，為樂工歌妓大量創作篇幅較長、適合歌唱的慢詞。這些慢詞受到廣大市民的歡迎，改變了晚唐五代以來詞壇以小令為主的局面。《雨霖鈴》便是柳詞中流傳最廣的傑作。

這首詞的主題是「傷離別」，是柳永在仕途失意，不得不離開都城汴京（今河南開封）時所寫，抒發了跟情人難捨難離的感情。自古以來，「傷離別」是文學作品中一個重要的主題，曾出現不少膾炙人口的名句，如「悲莫悲兮生別離」（屈原《九歌·少司命》），「黯然銷魂者，唯別而已矣」（江淹《別賦》），「剪不斷，理還亂，是離愁」（李煜《相見歡》）等。而柳永這首《雨霖鈴》，對「傷離別」的描寫更是淋漓盡致，纏綿悱惻，而且淺白易解，又不失典雅，在當時已被廣為傳唱，更被後世奉為寫送別的經典之作。

詞的上闋紀別。首三句十二字，已點出了季節（寒蟬在秋季鳴叫）、地點（都城外長亭）、時間（傍晚）、天氣（雨後陰冷）、事件（到長亭多為送別）、氣氛（淒切）。下面寫餞別的場面。友人在京城外搭帳設宴為他餞行，大家心情沉重。他本想多留戀片刻，無奈船要開了，正催促他離開。他與友人（或謂情人）執手依依惜別，相顧流淚，欲互訴心曲，但已傷心哽咽，說不出話來。心中想着此去南方路途遙遠，不知何日再可相見。千里煙波、暮靄沉沉、楚天遼闊，既寫當時景色，也襯托自己迷茫黯淡的心境。柳永長於鋪敘，這裏寫的送別場面，感情細膩真摯，寫景、敘事、抒情融為

一體，在宋詞中較為少見。

　　詞的下片述懷。首先點出「傷離別」的主題，指出這是自古以來不變的人之常情，然後進一步說自己在這種「冷落清秋節」的氛圍下，更是情何以堪。下面兩句寫別後的落寞境況。「今宵酒醒何處？楊柳岸、曉風殘月。」自己乘船南下，宵來酒醒，卻不知身在何處，在楊柳岸邊，只有曉風殘月相伴。「楊柳」一向是用以贈別，「柳」有「留」的諧音，意謂把離人留住。這句明寫眼前景，又暗扣別時情，顯得含蓄而有餘韻。下面再推進一層，想像日後自己飄泊江湖，經年累月，孤獨淒清，縱有良辰美景，不能與知心人共享，也只形同虛設。自己縱使有千種感受，也不知向何人傾訴了。

　　《雨霖鈴》的主要內容是以冷落淒涼的秋景作為襯托，表達和情人難以割捨的離情。柳永當時仕途失意，加上要與情人分離，兩種痛苦交織在一起，使他更加感到前途的暗淡和渺茫。柳永善於把傳統的情景交融的手法運用到慢詞中，把離情別緒的感受，通過一幅幅畫面表現出來，構成一種詩意美的境界。詞的鋪排也做到前後照應、虛實相生、層層深入，具有強烈的感染力。古往今來有離別之苦的人在讀到這首《雨霖鈴》時，都會產生共鳴。

拗相公妙論昭君

——王安石兩首《明妃曲》

明妃曲

王安石 [1]

其一

明妃 [2] 初出漢宮時，淚濕春風 [3] 鬢腳垂。

低佪 [4] 顧影無顏色 [5]，尚得君王不自持 [6]。

歸來卻怪丹青手 [7]，入眼平生幾曾有；

意態由來畫不成，當時枉殺毛延壽 [8]。

一去心知更不歸，可憐着盡漢宮衣 [9]；

寄聲欲問塞南 [10] 事，只有年年鴻雁飛。

家人萬里傳消息，好在氈城 [11] 莫相憶；

君不見咫尺 [12] 長門閉阿嬌 [13]，人生失意無南北。

其二

明妃初嫁與胡兒 ¹⁴，氈車 ¹⁵ 百輛皆胡姬。

含情欲語獨無處，傳與琵琶心自知。

黃金桿撥 ¹⁶ 春風手 ¹⁷，彈看飛鴻勸胡酒。

漢宮侍女暗垂淚，沙上行人卻回首。

漢恩自淺胡恩深，人生樂在相知心。

可憐青塚 ¹⁸ 已蕪沒，尚有哀絃留至今。

🦋 註釋

1　**王安石**：字介甫（1021-1086），號半山，北宋撫州臨川（今江西臨川）人。北宋政治家和文學家，官至宰相，推行熙寧變法。工詩文，唐宋八大家之一。

2　**明妃**：即王昭君，名嬙，漢元帝宮人。匈奴單于（首領）求美人為閼氏（單于嫡妻），元帝以王嬙賜之，號寧胡閼氏。晉時避司馬昭諱，改稱「明妃」。

3　**春風**：比喻面容之美。

4　**低徊**：留戀徘徊。

5　**顏色**：面容、臉色。

6　**不自持**：不能控制自己，指禁不住心動。

7　**丹青手**：指宮廷畫師。

8　**毛延壽**：元帝宮廷畫師。《西京雜記》載，王昭君入宮後，不肯賄賂畫師，毛延壽給她畫像時做了手腳，所以沒有得到元帝召見。昭君到匈奴和親辭行時，元帝才發現她的美貌，氣惱受騙之餘，就將毛延壽殺了。

9　**着盡漢宮衣**：指昭君仍經常穿着漢服。

10　**塞南**：邊塞南面，指中原的漢王朝。

11　**氈城**：匈奴人所居住的地方，游牧民族以氈為帳篷。

12　**咫尺**：形容距離很近。咫（zhǐ），粵音只。

13　**長門閉阿嬌**：長門，漢武帝時，陳皇后失寵後所居的宮殿。後比喻失寵后妃居

　　住的地方。阿嬌，陳皇后的小名。
14 **胡兒**：古代對北方異族及西域各民族的稱呼，也稱「胡人」。
15 **氈車**：以毛氈做車篷的車子。
16 **桿撥**：彈琵琶的工具。
17 **春風手**：形容手能彈出美妙的聲音。
18 **青塚**：相傳昭君墓上的草常青，故名青塚，在今呼和浩特市南。

 ## 導讀

　　「詩」在唐代發展到了頂峰，後世難以超越。我們今天大多只認識「唐詩」，對其他朝代，尤其是唐代之後的詩歌所知甚少。宋代的代表文學是「宋詞」，但其實當時文人只視填詞為「小道」，要寫自己的志向和感情，仍是以寫詩為主。宋代詩歌雖然不及唐代有名，但仍有不少出色的詩人和作品。

　　這裏介紹的《明妃曲》是北宋王安石的作品，寫的是「昭君出塞」的故事。「昭君」是中國歷史上的「名女人」，被稱為中國古代「四大美人」之一。她的故事在西晉時代就有人傳誦，歷代不少詩人都寫過詠昭君的作品，包括李白、杜甫、白居易等。在歷代文人筆下，昭君故事都是悲怨淒涼的，大家對昭君寂寞終老荒漠深表同情，或譏諷漢帝的昏庸寡恩，對畫工毛延壽的居心不良更是切齒痛恨。在芸芸詠昭君的作品中，王安石的《明妃曲》可以脫穎而出，甚至引起眾多的討論，是因為詩中有非一般的新意。

　　王安石的《明妃曲》共有兩首。第一首由昭君離開漢宮向君王辭行寫起。昭君在宮中不得意，一直未能見到君王。她第一次見到君王，就是辭別漢宮之時。詩中出現的昭君，面容憔悴，淚流滿面，

頭髮也沒有梳理好。不過，就是這種極差的狀態，已令到初見她的君王不能自持，可以想見正常狀態的昭君有多美。王安石在詩中沒有正面描寫昭君的美貌，卻用了反襯的方法，以君王的反應來寫她的絕色。下面寫君王當時才後悔把如此絕色美人遣嫁匈奴，責怪負責繪畫美人圖像的畫師，認為他蒙蔽了自己。王安石在這裏加了兩句自己的評論：「意態由來畫不成，當時枉殺毛延壽。」有故事說昭君因為不肯賄賂毛延壽，所以毛延壽故意把她的樣貌畫醜，令君王選不上她。因此眾多寫昭君的作品都是責怪貪財的毛延壽害了昭君的終身。不過王安石卻另有見解，認為人的意態不能完全靠畫筆來描畫，只怪罪毛延壽是有些冤枉了。他的意思是君王不應只憑圖畫去挑選美人，自己錯失了像昭君這樣的美人，也不應諉過於畫師。

接着四句寫昭君離宮後對漢家的思念。她心知一去便永無回鄉之日，但心念故國，依舊穿着漢家服飾，又希望知道南面的故國消息，可惜音信難通。最後四句借昭君家人在萬里以外向她傳消息，再次表達詩人自己的見解。他勸昭君好好的在匈奴的國土生活，不要眷戀故國宮廷。你看武帝時的陳皇后，跟君王住得這麼近，仍是因失寵而被幽禁在長門宮，沒機會見到君王。失意的人無分南北，又豈只昭君你一個呢！這裏表達的意思也是別出機杼。歷來的作家都同情昭君遠嫁不能回國，甚至寫她死後仍要魂歸故土；但王安石卻認為她既然失意於漢家宮廷，不如在漠北好好生活。

第二首《明妃曲》寫昭君在胡地的生活境況。她初次到達胡地，胡人以盛大的車隊歡迎。這裏顯示她得到的待遇比在漢宮好得多了，可是昭君並不快樂。「含情欲語獨無處，傳與琵琶心自知」

兩句，顯示她在胡地並沒有可以傾訴之人，只能借琵琶曲調，傳達
自己的心聲。這可能由於言語不通，也因為沒有朋友或家人在身邊。
下面四句寫昭君在筵席上彈奏琵琶的情況。她的技巧高超，曲調感
人。她一方面向胡兒勸酒，一方面又眼看飛鴻，顯示她仍掛念遠方
的人事。她彈的曲調能令「漢宮侍女暗垂淚，沙上行人卻回首」，
大概是思鄉之曲，令身在異地的人同感悲淒。最後四句是王安石的
評論。「漢恩自淺胡恩深，人生樂在相知心」兩句，曾引起極大的
爭議，在宋代已有不少人對這詩大肆抨擊。范沖曾對宋高宗說，安
石此詩「壞天下人心術」（見蔡上翔《王荊公年譜考略》卷七），
羅大經認為此詩「悖理傷道甚矣」（《鶴林玉露》乙編卷二）；都
是不滿王安石似乎在歌頌胡人。當時宋朝受外族侵略，不免對民族
大義特別敏感，但這些評論都忽略了王安石這兩句的重點在後一句
「人生樂在相知心」。傳統讀書人對知己看得極為重要，「士為知
己者死」，「得一知己死而無憾」，而沒有知心的人就是最大的遺
憾。王安石表示不管是「恩淺」的「漢」，還是「恩深」的「胡」，
昭君都是找不到知心，因此只能寄託「哀絃」，流傳至今。這裏跟
是否「貶漢」或「褒胡」應該沒有關係。

　　宋詩與唐詩最明顯的不同，便是經常加入評論，「以文為詩」，
《明妃曲》中可見到這種特點。王安石是北宋著名的改革派政治家，
他的作品長於說理。大概由於善辯，又經常有不同一般人的見解，
他被人稱為「拗相公」。《明妃曲》中見解推陳出新，可見他「善
拗」的作風。這兩首詩作於嘉祐四年（1059）。王安石在前一年曾
向宋仁宗上萬言書，主張變法，指出「萬今之急，在於人才而已」，

可是他的建議並沒有被當政者採納。他所寫的《明妃曲》，便不單是評論古人故事了，其中顯然是表現自己懷才不遇的憤懣。王安石在表達懷才不遇時，卻不是自傷身世，而是有自己獨特的見解，「人生失意無南北」，「人生樂在相知心」，作為對自己的勸勉。他後來真的能一展抱負，當上宰相，實行他的變法宏圖。

深情的詞家多面手

——蘇軾兩首《江城子》

江城子¹·乙卯²正月二十日夜記夢

蘇軾³

十年生死⁴兩茫茫，不思量，自難忘。千里孤墳⁵，無處話淒涼。縱使相逢應不識，塵滿面，鬢如霜。　　夜來幽夢忽還鄉，小軒窗⁶，正梳妝。相顧無言，惟有淚千行。料得年年腸斷處，明月夜，短松崗。

1 **《江城子》**：詞牌名。始見於五代《花間集》韋莊詞，或謂調因歐陽炯詞中有「如西子鏡照江城」句而取名，其中「江城」指的是金陵，即今南京。
2 **乙卯**：宋神宗熙寧八年（1075）。
3 **蘇軾**：字子瞻（1037-1101），號東坡居士，四川眉州眉山人。北宋文學家，詩、文、詞、書、畫都有很高造詣，為豪放詞派代表。唐宋八大家之一。
4 **十年生死**：蘇軾與妻子王氏感情要好，但王氏不幸在二十七歲時去世。這首詞寫於王氏逝世十年之後，蘇軾記一次見到妻子的夢境。
5 **千里孤墳**：王氏葬在眉州（蘇軾原籍四川），而蘇軾寫這首詞時身在密州（今山東省諸城），與四川相隔千里。
6 **小軒窗**：小室的窗前。

江城子·密州[1]出獵

蘇軾

老夫聊發少年狂。左牽黃[2]，右擎蒼[3]。錦帽貂裘，千騎[4]卷平岡。為報傾城隨太守[5]，親射虎，看孫郎[6]。　　酒酣胸膽尚開張。鬢微霜，又何妨。持節[7]雲中，何日遣馮唐[8]。會挽雕弓如滿月，西北望，射天狼[9]。

1 **密州**：今山東省諸城。
2 **牽黃**：牽着獵犬。
3 **擎蒼**：帶着打獵用的蒼鷹。

4　**千騎**：指出獵的隨從人數眾多，都騎着馬。上句「錦帽貂裘」指他們的裝束。

5　**為報傾城隨太守**：報，回報。傾城，全城，形容觀獵的人數眾多。太守，指蘇軾自己。

6　**親射虎，看孫郎**：孫權曾在凌亭親自射虎，這裏借指自己。

7　**持節**：古代使臣奉命出行，持使節作為憑證，因此稱出使為「持節」。

8　**何日遣馮唐**：西漢時馮唐曾奉文帝之命持節復用被貶的魏尚為雲中太守。這裏寄託自己能再次被重用的期望。

9　**天狼**：古時以天狼星主侵略，這裏比喻宋朝西北面的西夏。

導讀

　　說到中國古代文人，蘇東坡（軾）的大名無人不識，而他最為我們熟悉的是他的詞作，被譽為開創豪放詞派的宗師。

　　詞自唐末興起以來，一直被認為是用作抒情，多寫男女之間的繾綣、相思、離別，因此說「詞為豔科」。其實當時的士人只視填詞為小道，就像今天的歌詞，不會被當作重要的文學表達形式。同樣地，蘇軾在表達自己的政見或抱負時會寫文寫詩。他同時也填詞，但他與同期的詞人有些不同，他的詞並不局限在狹隘的男女私情，而是用這種文學形式來表現自己的生活和真率的感受。所以他的詞作中有家國之情、兄弟之情、男女之情、感懷之情，也有自然之趣、生活軼事，十分多樣化，寫法也不限於豪放一類。

　　蘇軾的詞集《東坡樂府》中作品就包括多種不同的風格。這裏所選兩首《江城子》，一首有副題「乙卯正月二十日夜記夢」，另一首的副題是「密州出獵」，最可見到這位多面手的功力。兩首詞在同一年（熙寧八年乙卯）寫成，當時蘇軾在密州（今山東諸城）

任職。前一首是悼念亡妻之詞，寫在年頭；後一首是寫出獵時的情況和自己的抱負，寫在年底。

從前有人批評蘇軾詞「短於情」，事實卻剛好相反，他只是不喜歡用一般浮淺的豔情字眼，他的詞中蘊含了很豐富真摯的感情。我們讀他的《江城子‧乙卯正月二十日夜記夢》，正好看到他的深情和表現手法的高超。

這是蘇軾為悼念妻子而寫的。他的妻子王弗十六歲與他成婚，夫妻恩愛，但王弗在二十七歲時不幸去世，葬在家鄉四川眉山。此詞在王弗去世十年後寫成，此時蘇軾身在密州（今山東諸城），與家鄉相隔千里。詞的上闋寫十年來對亡妻的思念，下闋記夢，寫自己還鄉與妻子重逢。

這首詞的寫作手法非常現代，就像看電影，有場景的跳接，又有超時空的相遇。短短七十字，第一場景是今天自己思念亡妻，第二場景跳到千里外的亡妻孤墳，第三場景又回到今天看自己的形貌，第四場景忽然進入夢中，回到故鄉。這個夢裏出現的妻子是十年前的形象，在閨房中梳妝，而蘇軾自己也有出現，卻是今日飽歷滄桑，「塵滿面，鬢如霜」的形象。一個十年前的妻子和十年後的蘇軾超時空相遇，情境如何？在蘇軾筆下，沒有互訴衷情，沒有重逢驚喜，只是「相顧無言，惟有淚千行」，一切盡在不言中，彼此的淒酸，不用明言已理解了。最後又回到千里外孤墳的場景，以一幅靜景作結。這種淡淡道來的筆調，傷感含蓄卻深刻，是最動人的寫法。

結合蘇軾的際遇來看，這首詞不單蘊含對亡妻的思念之情，還

有感慨自身的孤單愁苦，歷盡滄桑，無處可訴，只有想起與自己共同渡過青春美好歲月的妻子；而她卻已逝去十年了，孤單地埋在故鄉，同樣淒涼。這年蘇軾四十歲，仍未到政治上最坎坷的時期。不過他當時的遭遇，是由青年時期的一舉成名，到開始被新黨排擠，與王安石政見不合請求外任，親人又相繼離開，父親、妻子去世，與摯愛的弟弟分離，經歷人生的第一個挫折期。他此時初到密州上任，離家千里，感到特別孤苦。

蘇軾的可愛處，就在他很懂得開解自己，不會沉溺在自怨自憐中。到他在密州安頓下來，他又融入生活之中，在這年的年底寫了另一首《江城子‧密州出獵》。這首詞上闋出獵，下闋請戰。詞中表現了雖身為文人，卻有報效國家，迎擊侵略者的抱負。當時北宋朝廷與四周外族關係緊張，西夏是其中一大外患，並在熙寧四年（1071）攻陷撫寧諸城。蘇軾雖然並非武將，但也知道要振興國運，迎擊侵略者是一大關鍵。他這年四十歲，自覺已是走向人生下坡，自稱「老夫」。這次出獵讓他小試身手，煥發了青春，說自己「聊發少年狂」，報國立功的信念得到鼓舞，更信心十足地要求前往西北戰場殺敵。詞中描寫的場面熱鬧，所用字詞音節嘹亮，洋溢着豪情壯志，顧盼自雄，與前一首《江城子‧乙卯正月二十日夜記夢》的情調完全不同。

這兩首詞一首柔情，一首豪邁，卻用上相同的詞牌。詞的格式限制比詩更大，要按「詞牌」的指定格式來填。兩首詞用相同詞牌，也就是格式相同，字數、句式、平仄、押韻都一樣，而蘇軾可以寫出完全不同風格的作品。一般詞人創作時，會選用認為配合自己要

寫的內容或風格的詞牌，因此相同詞牌的作品風格大多類似；但蘇軾不單在不同詞牌表現多樣的風格，即使相同的詞牌，他也可自如地寫出風格迥異的作品，可見他絲毫不會受體裁格式的限制，也可見其創作手法之高超。

　　蘇軾的詞並沒有刻意的雕琢，而是以平實的手法道出人與人之間最真摯的感情，為家為國，同樣灌注了他的深情，終其一生表現在作品之中。他的填詞手法也為這種新文學形式開拓了新的方向，使最初不為文人重視的小道歌詞成為宋代的代表文學體裁。

望月懷人兄弟情深

——蘇軾《水調歌頭》

水調歌頭[1]

蘇軾

丙辰[2]中秋，歡飲達旦，大醉，作此篇，兼懷子由[3]。

明月幾時有？把酒[4]問青天。不知天上宮闕[5]，今夕是何年[6]。我欲乘風歸去，又恐瓊樓玉宇[7]，高處不勝[8]寒。起舞弄清影[9]，何似在人間！　轉朱閣[10]，低綺戶[11]，照無眠[12]。不應有恨，何事長向別時圓？人有悲歡離合，月有陰晴圓缺，此事古難全。但願人長久，千里共嬋娟[13]。

註釋

1　**《水調歌頭》**：詞牌名。又名《元會曲》、《臺城遊》等。相傳隋煬帝開鑿汴河時曾製《水調歌》，唐人演為大曲。大曲有散序、中序、入破三部分，「歌頭」是中序的第一章。

2　**丙辰**：熙寧九年，即 1076 年。

3　**子由**：蘇軾的弟弟蘇轍，字子由。

4　**把酒**：拿着酒杯。

5　**宮闕**：宮殿。

6　**今夕是何年**：古代神話傳說，天上只三日，世間已千年。古人認為天上世界的年月編排與人間是不相同的。

7　**瓊樓玉宇**：白玉砌成的樓閣，指月亮上殿宇。

8　**不勝**：承受不住。

9　**弄清影**：在月光下起舞，彷彿自己和影子一起嬉戲。

10　**朱閣**：朱紅色的樓閣。

11　**綺戶**：刻有紋飾的門窗。

12　**照無眠**：照着有心事不能成眠的人。

13　**嬋娟**：月裏的嫦娥，代指月亮。

導讀

　　蘇軾開創豪放詞派，他的豪放詞風在《江城子·密州出獵》已可見一斑。他的詞也不乏浪漫之作，題材中不少涉及「月」和「酒」。他的寫作風格與唐代的李白有相近之處，可以說，李白的唐詩，蘇軾的宋詞，都在一代文壇中獨領風騷。

　　前面介紹過李白的《把酒問月》充滿奇特的想像，以月的恒久和人事變遷作對比，對人生有一番感悟，成了千古傳誦的名作。蘇軾為人熟悉的詞作《水調歌頭》，就是另一首「把酒問月」的名篇，

詞中內容與李白《把酒問月》有相近之處，但又有自己的發揮，二者可說有異曲同工之妙。

這首詞有序：「丙辰中秋，歡飲達旦，大醉，作此篇，兼懷子由。」說明是在中秋夜歡飲之際所作，當然有月有酒，抒發的情懷是思念弟弟子由（蘇轍）。詞作於丙辰年，也就是前面介紹的兩首《江城子》寫成後一年。當時蘇軾任職密州，與弟弟已有七年沒有見面。蘇軾的《江城子·乙卯正月二十日夜記夢》懷念亡妻，《水調歌頭》想念弟弟，可見他當時在密州常感寂寞，思念親人。

「詞」一般分為上下兩闋（或稱「片」）。《水調歌頭》上闋望月，下闋懷人。詞的開頭是一個問句，問青天上明月幾時有，寫法與李白的《把酒問月》很相似。蘇軾大概是很喜歡李白這首詩，更模仿他的寫法。三、四句寫「天上宮闕」，也是與《把酒問月》一樣，從賞月想到月裏嫦娥和她的月殿。李白常有「欲上青天覽明月」之想，蘇軾至此也有「我欲乘風歸去」之句，希望飛到月殿，一嘗做神仙的快感。既云「歸去」，也就自以為是從天上而來的「謫仙人」，像李白一樣。不過蘇軾與李白想法有點不同，他始終較為「入世」，不想就此離別人間，於是給自己一個藉口，恐怕天上的瓊樓玉宇太冷，「高處不勝寒」。他留戀人間，其實是那裏有很多值得他留戀的人和事，例如他摯愛的親人。在中秋佳節，本應是人月兩團圓的日子，但蘇軾當時與親人長久離別，當月影升沉，在樓閣窗戶間流轉，只照着他輾轉難眠。此時他反而埋怨月亮為何偏偏在人離別的時候團圓，令人傷感。蘇軾的際遇欠佳，但他是個很達觀的人，常懂得自我開解。他想到人生有悲歡離合，就像月有陰晴

圓缺一樣，是宇宙間的定律，自古如此。因此自己又何必太執着，但願大家可以保重，雖相隔千里，仍可透過共同看到的月亮，傳遞相思之情。

　　這首詞包含大膽的想像，對月亮作了傳神的刻畫。然後又將「月有陰晴圓缺」的大自然現像與「人有悲歡離合」的人生際遇結合起來，既是巧妙的比喻，又表達了曠達的思想；對時光流轉，人事變遷的無奈，以一句「此事古難全」作自我開解。詞中最後「千里共嬋娟」的想法，也接近李白《把酒問月》中「古人今人若流水，共看明月皆如此」的意思。同一個月亮，啟發了不同時代的詩人。不過李白較着重對月亮的個人感受，而蘇軾則較着重人與人之間的感情。兩首作品既有共通，又各有千秋，同為千古絕唱。據宋代《苕溪漁隱叢話》記載：「中秋詞自東坡《水調歌頭》一出，餘詞盡廢。」到今天人們談論寫中秋的文學作品，也一定會提起蘇軾的《水調歌頭》。

雪泥鴻爪之歎

和子由澠池懷舊 [1]

蘇軾

人生到處知何似？應似飛鴻 [2] 踏雪泥：
泥上偶然留指爪，鴻飛那復計東西！
老僧 [3] 已死成新塔，壞壁無由見舊題 [4]。
往日崎嶇還記否？路長人困蹇驢 [5] 嘶。

🦋 註釋

1. **和子由澠池懷舊**：這首詩是和蘇轍《懷澠池寄子瞻兄》而作。蘇轍字子由。澠池，今河南澠池縣。和（hè），粵音禍。
2. **飛鴻**：鴻雁。
3. **老僧**：指奉閑和尚。宋仁宗嘉祐元年（1056）蘇洵帶領蘇軾、蘇轍至京應考，途中路過澠池縣寄宿奉閑和尚居室。
4. **舊題**：據蘇轍原詩自註：「昔與子瞻應舉，過宿縣中寺舍，題老僧奉閑之壁。」
5. **蹇驢**：跛腳的驢。蘇軾自註：「往歲，馬死於二陵（即崤山，在澠池西），騎驢至澠池。」

🚣 導讀

　　蘇軾是一個感情豐富的人，他對親人朋友都投放深厚感情，常見於作品之中。前面介紹的《江城子‧乙卯正月二十日夜記夢》和《水調歌頭》都是這一類。他和弟弟蘇轍的感情特別要好，兩兄弟年紀相約，一起長大和讀書，後來又一起赴京考試，一起中進士。到了兄弟倆各自到不同地方赴任，才正式分開。分開以後兄弟長久不能見面，尤其後來蘇軾多次被貶，去的地方愈來愈遠，甚至要下獄，二人更難見面。他們經常想念對方，只能靠書信寄意。這裏介紹的《和子由澠池懷舊》，就是蘇軾寫給弟弟蘇轍（子由）的作品。

　　這是一首和韻詩，就是回應子由先前寫給他的詩。嘉祐元年（1056），蘇軾和弟弟蘇轍赴京應試，路過澠池，在縣中寺院留宿，並曾在壁上題詩。到嘉祐六年（1061），兄弟各赴任所，蘇軾赴鳳翔任簽判，途經澠池。他收到弟弟的寄詩《懷澠池寄子瞻兄》，

懷念昔日兄弟共聚的日子。蘇軾就和韻一首，寫成此詩。「和韻詩」是以往文人作酬答之用，要以原詩完全相同的格式和韻腳來寫作，限制很大，一般難有佳作。蘇軾這首雖然是和韻，卻比原詩寫得更好，內涵層次更高，因此為歷代讚賞。我們看看蘇轍的原詩：

> 相攜話別鄭原上，共道長途怕雪泥。
>
> 歸騎還尋大梁陌，行人已渡古崤西。
>
> 曾為縣吏民知否？舊宿僧房壁共題。
>
> 遙想獨遊佳味少，無言騅馬但鳴嘶。

蘇轍原詩是七言律詩，主題是懷舊，想起昔日兄弟同遊，經過艱苦的路途，一起在僧房度宿題詩。現在兄長再路過舊地，但只能獨遊，想必興致比不上二人一起之時了。蘇軾按此詩格律和韻腳和詩一首，主題仍是懷舊，但在開頭四句卻加上了對人生的感悟，被稱為「見性」之作。他以蘇轍詩中「雪泥」二字出發，帶出了人生的短暫與飄泊無定。他用了一個很生動的比喻，說人生在不同地方的經歷，就像鴻雁在飛行過程中，偶然駐足雪泥之上，留下印跡；而當鴻飛雪化，一切又都不復存在。人生就是這樣不斷變化，像詩的第五、六句所寫，昔日招待過他們的老僧已去世，新塔供奉着他的骨灰。往年曾題詩的牆壁亦已倒塌，難尋當日詩句。世事變遷如此急劇，再想到往日共赴崎嶇之路，情境歷歷在目；想到日後人生，便有一番感歎了。

蘇軾寫這首詩時二十六歲，仕途剛剛開始，並未經歷人生的大風浪，便寫出這一番感悟，實屬難得。再看蘇軾後來多次被貶的坎坷一生，到處流徙飄泊的生涯，這首詩又似是他自身經歷的預言，

「人生到處知何似？」「鴻飛那復計東西！」「往日崎嶇還記否？路長人困蹇驢嘶。」幾句似是一語成讖，寧不教人唏噓。

一蓑煙雨任平生

——蘇軾《定風波》

定風波[1]

蘇軾

三月七日沙湖道中[2]遇雨。雨具先去，同行皆狼狽，余獨不覺。已而遂晴。故作此。

莫聽穿林打葉聲，何妨吟嘯[3]且徐行。竹杖芒鞋[4]輕勝馬。誰怕？一蓑[5]煙雨[6]任平生。　　料峭[7]春風吹酒醒，微冷。山頭斜照[8]卻相迎。回首向來蕭瑟[9]處，歸去，也無風雨也無晴。

註釋

1 **《定風波》**：詞牌名。一作《定風波令》，原為唐教坊曲。

2 **沙湖道中**：據《東坡志林》記載：「黃州東南三十里為沙湖，亦曰螺師店，予買田其間，因往相田。」

3 **吟嘯**：吟詠和嘯呼。嘯，撮口發出長而清越的聲音。

4 **芒鞋**：芒草編織的草鞋。

5 **蓑**：蓑衣，用蓑草或棕櫚葉編製成的雨衣。蓑（suō），粵音梳。

6 **煙雨**：形容雨勢很大，像雲霧彌漫看不清景物。

7 **料峭**：形容風冷，多指春寒。

8 **斜照**：落日的餘暉。

9 **蕭瑟**：形容風吹樹木的聲音。

導讀

　　蘇軾自從與王安石的新黨政見不合，便一直受到政治上的打擊，被一貶再貶。他受到最大的一次打擊，是四十四歲時的「烏臺詩案」，被政敵誣告他作詩誹謗朝廷，甚至被關到獄中。後經弟弟蘇轍營救，他才得以釋放，被貶黃州。黃州位於湖南，雖然不算很偏遠，但蘇軾此時差不多是囚徒，生活無着，情況比在密州時差得多了。這個艱難的階段，卻是蘇軾創作生命最旺盛的時期，寫出了最好的作品，如《念奴嬌·赤壁懷古》、《赤壁賦》等。蘇軾在黃州一住四年多，他的人生觀、藝術創作、審美情趣都在此發生了重大的變化。

　　這裏介紹的《定風波》，是蘇軾被貶到黃州第三年所寫的詞。詞前有序，說明詞的寫作背景。蘇軾在暮春時節在沙湖道中遇雨，

雨具都被先行的人拿走了，同行的人感到十分狼狽，但蘇軾卻不覺得甚麼。沒多久天又放晴了。這本是小事一宗，但蘇軾卻有感而發，寫了這首蘊含豐富人生哲理的詞。

上闋開頭兩句實寫自己道中遇雨的反應。雨點有穿林打葉聲，可見雨下得頗大，蘇軾加上「莫聽」二字，以吟嘯相對，在雨中慢慢徐行，一派毫不在乎的樣子。「竹杖芒鞋輕勝馬」三句就不似是實寫，而是寫自己的心態。他當時不一定拿竹杖、穿芒鞋、披蓑衣，而這本是閑人或隱者的裝束，騎馬的則多是官員或趕路忙人，兩者對比，他說自己現在輕鬆得多，實在有「無官一身輕」的意味。下面再說下雨又有甚麼可怕呢，自己是「一蓑煙雨任平生」。蘇軾這裏說的當然不單是自然界的一場雨，而是連繫到政治和人生的種種風雨。在受到重重打擊後，他仍能以輕鬆曠達的心境去面對。

下闋寫雨停之後的情況和感受。剛才他帶酒意冒雨而行，雖渾身濕透而不覺得冷，現在在雨停風起，春風料峭，又覺得微冷。不過此時天又轉晴，山頭斜照似在迎接他，為他送來溫暖。最後三句結束這次行程，既寫眼前景，又含有更深遠的感悟。當他回望剛才一路走來之處，已經沒有風雨，也沒有放晴。「回首向來蕭瑟處」一句，也可指回望自己以往種種經歷，其實也不乏淒風苦雨。現在可歸去了，卻又覺得不算甚麼，沒有喜悅，也沒有悲哀。蘇軾所說的「歸去」，不是像陶淵明回鄉耕種，而是一種心靈上的回歸，對往事無悲無喜，顯然是佛家精神了。

蘇軾學識廣博，對儒、釋、道三家哲學都鑽研甚深。在他的作品中就常看到這三種思想的掙扎和融合。他對宇宙人生的感悟，常

帶有道家超然物外的思想，而這裏的「也無風雨也無情」又更進一步，進入釋家的看破一切，漸入化境了。也就是這種佛家思想，令蘇軾可以安然面對一切常人難以忍受的打擊，在極坎坷的政治際遇中活出自己的人生樂趣。

情思細膩的閒愁

——李清照《一剪梅》

一剪梅 [1]

李清照 [2]

　　紅藕香殘 [3] 玉簟秋 [4]。輕解羅裳 [5]，獨上蘭舟 [6]。雲中誰寄錦書 [7] 來？雁字 [8] 回時，月滿西樓 [9]。　　花自飄零 [10] 水自流。一種相思，兩處閒愁 [11]。此情無計可消除，才下眉頭，卻上心頭。

1　《一剪梅》：詞牌名。又名《臘梅香》，得名於周邦彥詞中的「一剪梅花萬樣嬌」。

2　李清照：號易安居士（1084- 約 1155），宋代濟南章丘（今屬山東濟南）人。宋代著名女詞人，婉約詞派代表，詞風獨樹一幟，被譽為「詞家一大宗」。

3　紅藕香殘：紅色荷花的清香已消失，意指荷花已凋謝。

4　玉簟秋：從竹蓆上已感受到秋天的涼意。簟，竹蓆子；「玉簟」，竹蓆的光澤如玉。簟（diàn），粵音恬。

5　羅裳：絲綢做的裙子。

6　蘭舟：即木蘭舟。用木蘭樹做的船堅固而有芳香，自古被用作船的美稱。

7　錦書：書信的美稱。錦，有彩色花紋的絲織品。據《晉書》記載，竇滔遠徙邊疆，其妻蘇氏思念丈夫，把回文詩織在錦上，寄給丈夫以表深情。後人據此將夫妻之間的書信稱為「錦書」。

8　雁字：大雁群飛，排列整齊，常作「人」字或「一」字形，故稱雁陣為「雁字」。

9　月滿西樓：月光灑遍西邊的樓頭。

10　花自飄零：花空自飄落四散。自，空自。

11　閑愁：無端而來的愁緒。

　　宋人王炎認為詞的特點是「曲盡人情，惟婉轉嫵媚為善」。詞有這樣的風格特色，是因為詞是用作歌唱的，而唱詞的人多是女的，因此作詞的人多會以女性的口吻來寫作，或者以女性化的形象自比。詞中最常見的題材是相思戀情、離愁別緒、傷春悲秋、思婦閨怨等，多傾向於陰柔之美的內容，因此詞常被稱為「豔科」。像蘇軾的豪放詞，雖然為後世人喜愛，但在當時則被視為「破格」，更受到不少批評。以男性視角去演繹女性心態，雖然有很多出色的詞

家，但難免有點隔閡。女性有多情善感的特性，有比男性更細膩的感官。可是古代男尊女卑，女性受教育的機會很少，更遑論當文學家。宋代有一位很特別的著名詞人，以女性身份而能在眾多男性中佔一席位，殊不輕易。她就是李清照。

李清照生活在北宋和南宋之間，她出身名門，自小受到很好的教育，嫁的丈夫趙明誠又是宰相之子。不過她並非只安心做個養尊處優的名門閨秀，仍然很努力做學問，更和志同道合的丈夫致力金石學的研究。她也經常寫詩詞與丈夫酬唱，有不少備受讚賞的作品。可惜好景不常，在李清照中年的時候，北宋覆亡，她和丈夫也跟隨宋朝政府逃亡南方。在逃難過程中，生活與從前有天淵之別，家中的資產、藏書、金石文物大部分都散失。最慘的是趙明誠受不了奔波流離，到江南就病倒了，兩年後更不幸去世，剩下李清照獨自漂泊江南，孤寂淒苦地度過晚年。

與李後主一樣，李清照經歷了前後兩段截然不同的生活，之間受到國破家亡、親人離喪的打擊。她前期的作品多寫傷春怨別和閨閣生活，後期作品則充滿了傷感情調，表達對故國、舊事的深情眷戀。這裏介紹的《一剪梅》是她的前期作品。

李清照前期的生活雖然優悠美滿，但夫婿經常要離家到外地，恩愛夫妻不能天天相聚，飽受相思之苦。詞的開頭以一幅初秋景象展開，紅荷已凋謝，竹蓆令人感到陣陣涼意。她更換衣裳，獨自登上小舟。秋天一向給人淒清的感覺，加上一個「獨」字，表現了作者的寂寞惆悵。她在此時想念丈夫，盼望有人代傳書信，但等到月兒高照，只見排列整齊的鴻雁南飛，卻沒有為她傳書。

下闋開頭「花自飄零水自流」，與上闋的「紅藕香殘」相呼應，又以花比人，暗寓年華易逝。她藉流水將分隔兩處的相思之情連在一起，但相思之苦無法排遣，似乎剛剛舒展了眉頭，卻又在心頭湧起。這裏通過臉部表情的細微變化，表達心中無法抑制的情思，最是細膩傳神。

　　李清照在詞中借景抒情，以花自比，以女性的敏感，細膩的筆觸，抒發自己因懷人而生的孤寂無聊的閑愁。

難以言喻的悲情
——李清照《聲聲慢》

聲聲慢[1]·秋情

李清照

　　尋尋覓覓，冷冷清清，悽悽慘慘戚戚[2]。乍暖還寒[3]時候，最難將息[4]。三杯兩盞淡酒，怎敵他晚來風急！雁過也，正傷心，卻是舊時相識[5]。　　滿地黃花堆積，憔悴損[6]，如今有誰堪摘？守着窗兒，獨自怎生得黑[7]！梧桐更兼細雨，到黃昏、點點滴滴[8]。這次第[9]，怎一箇愁字了得！

註釋

1. **《聲聲慢》**：詞牌名。原名《勝勝慢》，最早見於北宋晁補之筆下。後因南宋蔣捷以此調作《秋聲》詞，全用「聲」字收韻，故改稱《聲聲慢》。

2. **戚戚**：憂愁。

3. **乍暖還寒**：氣候冷暖不定，忽暖忽寒。

4. **將息**：調養休息。

5. **舊時相識**：指飛過的雁。雁為候鳥，春天北去，秋天南來，一年一度。

6. **損**：指傷敗、毀壞。

7. **怎生得黑**：怎生，如何、怎樣。黑，天黑。

8. **點點滴滴**：形容雨打梧桐的細碎聲響。

9. **次第**：光景、情形。

導讀

　　中國文學史上的女性作家可謂鳳毛麟角，這當然與男尊女卑，女性受教育的機會不多有關，而且即使是知書識墨的大家閨秀，也不輕易把所寫的東西公開。李清照能在文壇上佔一席位，更有文集傳世，大概得力於她有個好丈夫。趙明誠與李清照感情甚篤，更是志同道合，在研究學問上可以互相砥礪。從流傳的軼事中，可以看到趙明誠十分尊重妻子，常誇獎她的詞作，更自愧不如。李清照嫁得如意郎君是她的福份，一旦丈夫猝逝，也就越發悲哀。丈夫在世時與她作短暫的生離，已使她愁思滿懷，到要作死別，更是悲戚難禁。前面介紹過李清照前期的作品，現在再看一首她後期的名作《聲聲慢‧秋情》。

　　這首詞同樣寫秋天的愁緒，但比《一剪梅》更為悲戚深沉。李

清照此時已經歷過國破家亡，親人離喪的打擊，生活也比以前淒苦得多。詞開頭三句很特別，以一連串疊字，層層表現自己尋覓、失望、孤獨，因而淒慘悲戚的情緒。這種難過的愁情在開頭便一迸而發，讓人感到強烈的震撼。接下來是比較平緩地寫自己在這淒冷時節的活動。在乍暖還寒時候，她百感交集，無法入睡，獨自在喝淡酒，也敵不過曉風料峭，無法驅寒。看到雁兒飛過，她傷心起來，因為憶起舊時生活。這裏語帶雙關，暗喻逝世的丈夫。對讀《一剪梅》的「雲中誰寄錦書來？雁字回時，月滿西樓。」更可見她是思念死去的丈夫。下闋進一步借景抒情。秋天黃花堆積，她也自比黃花，形容憔悴，無人見憐。她獨守空幃，百無聊賴，不知怎樣才可捱到天黑。黃昏時分，傳來雨打梧桐點滴之聲，恐怕她又將度過一個無眠晚上。最後她用一個「愁」字直接說出愁緒無窮，把悲情再次推上高峰。

《聲聲慢》和《一剪梅》同寫秋天的愁情，但明顯可見兩種愁的分別。這是因為作者遭遇和心態的不同所致。《一剪梅》中的李清照是幸福少婦，生活無憂，只因與丈夫小別，才生出寂寞無聊的「閑愁」。《聲聲慢》中的李清照已經歷悲慘的轉變，家破人亡，孤苦無依，每天的日子都難捱，到黃昏時分，更顯悲淒。這種感受，用一個「愁」字又怎麼解釋得了？

李清照的詞用詞淺白，情意深遠，評論者認為可與李煜的詞媲美。沈謙《填詞雜說》中說：「男中李後主，女中李易安，極是當行本色。」《聲聲慢》一詞在語言運用上尤其受到讚賞。開頭連用十四個疊字，又全押入聲韻，可謂藝高人膽大，卻又能深刻、形象

化地表現自己複雜的愁情。詞中有不少意象的運用，曉風、淡酒、歸雁、黃花、梧桐、細雨等，交織成落寞淒涼的秋景圖，也是借景抒情。在委婉優美的寫景中，又夾用了不少口語，如「最難將息」、「獨自怎生得黑」、「這次第，怎一箇愁字了得」，以淺俗之語入詞，但又不會令人覺得突兀，反有清新的感覺。

眾裏尋他千百度

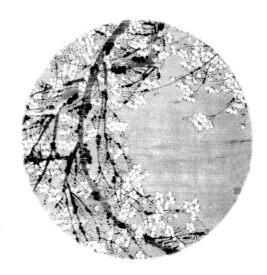

青玉案[1]・元夕[2]

辛棄疾[3]

　　東風夜放花千樹[4]，更吹落、星如雨[5]。寶馬雕車[6]香滿路。鳳簫[7]聲動，玉壺光轉[8]，一夜魚龍舞[9]。　　蛾兒雪柳黃金縷[10]，笑語盈盈[11]暗香[12]去。眾裏尋他千百度[13]。驀然[14]回首，那人卻在，燈火闌珊[15]處。

註釋

1 **《青玉案》**：詞牌名，取自東漢張衡《四愁詩》：「美人贈我錦繡段，何以報之青玉案」。

2 **元夕**：農曆正月十五日是「上元節」，晚上叫「元夕」、「元宵」或「元夜」，中國自古有元宵觀燈的風俗。

3 **辛棄疾**：字幼安（1140-1207），號稼軒居士，南宋歷城（今山東省濟南市東）人。南宋抗金英雄，著名愛國詞人，詞中常表現強烈愛國情懷，是豪放詞派代表。

4 **花千樹**：形容燈火之多，如千樹繁花齊開。

5 **更吹落、星如雨**：燈火又像吹落了滿天繁星，如雨似的灑向人間。一説「星如雨」是形容滿天的焰火（煙花）。

6 **寶馬雕車**：富貴人家的車馬。寶馬，裝飾名貴的馬。雕車，雕着花紋的華麗車子。

7 **鳳簫**：簫的美稱。相傳秦穆公之女弄玉，善吹簫作鳳鳴聲，引來了鳳，後隨鳳凰而去，故稱簫為鳳簫。

8 **玉壺光轉**：指月光移動。玉壺，比喻月亮。

9 **魚龍舞**：舞動魚形、龍形的彩燈。

10 **蛾兒雪柳黃金縷**：元宵節婦女頭上戴的裝飾物。蛾兒，用烏金紙裁成蝴蝶等蟲鳥形狀，插在巾帽上。雪柳黃金縷，用金絲加飾的雪柳，是一種頭飾。這裏用頭飾來指代婦女。

11 **盈盈**：儀態美好的樣子。

12 **暗香**：古時婦女常佩戴香球、香囊等物，發出陣陣幽香。

13 **度**：「次」的意思。

14 **驀然**：突然。驀（mò），粵音默。

15 **闌珊**：零落稀少。

導讀

　　以蘇軾為首的豪放詞派，為宋詞的發展開創了另一片天空。豪放詞派在北宋淪亡之際有更大的發展，名將岳飛的《滿江紅》就是

其中代表作。另一位豪放派健將是南宋的辛棄疾。他出生時宋朝已偏安江左，北方大片土地落入異族之手。辛棄疾文武雙全，二十三歲時帶領義軍投奔南宋，此後一直致力光復中原的事業。可惜南宋偏安後一蹶不振，君臣苟且偷安，辛棄疾多次提出北伐的主張都不被採納，只能投閑置散，最後鬱鬱而終。

　　辛棄疾英雄既無用武之地，在投閑置散之時，就寄情寫作。他的作品很豐富，現存詞作有六百多首，是宋代最多的一位。他常在作品中寄託力圖恢復國土的愛國熱情。除此之外，他的詞有很多不同的內容和風格。這裏介紹的《青玉案・元夕》，並非辛詞中常見的「盡忠報國」題材，而是寫一次元宵節的情境。歷來寫元宵的文學作品有不少，而辛棄疾這一首詞能被傳誦千古，是因為它不單是寫節慶，而是以獨特的手法表達自己的情懷。

　　詞的上闋寫元宵節熱鬧繁華的景象。開頭兩句以比喻手法寫燈火的璀璨。元宵夜滿城燈火，就像春風一夜吹開了千樹繁花；滿天的焰火，又像是春風把天上繁星吹落，如雨灑下。「寶馬雕車香滿路」一句寫遊人之盛，路上擠滿富貴人家的車馬，游人如鯽、仕女如雲。下面三句寫節日的活動，到處笙簫齊鳴，人們舞動魚形龍形的彩燈，徹夜狂歡。這一段着力渲染節日的熱鬧繁華，身處其中，應該受到這種歡樂氣氛的感染。

　　詞的下闋寫人。先寫在節慶中見到的眾多穿戴漂亮的婦女，笑語盈盈，來往穿梭。古時家境較好的婦女不輕易出門拋頭露面，只有在元宵節才可借觀燈為名到外面走動，因此在元宵節見到的婦女特別多。這裏沒有正面描寫婦女的外形和相貌，而是以特寫的方式，

以婦女的頭飾顯示她們打扮得花枝招展，與燈火爭艷。她們有說有笑，從詩人跟前經過。「暗香去」一詞，表示這些婦女與詩人距離很近，經過後仍可嗅到她們的幽香；而一個「去」字表示她們都不是詩人的目標，巧妙地帶出他要追尋的是下面所寫之人。

　　詞的最後四句是「畫龍點睛」處。詩人大概心有所屬，千方百計要追尋自己的意中人。經過整夜的尋覓，他似乎要失望而回；忽然一個不經意的回望，他竟看到要追尋的「那人」，就站在離開繁鬧的「燈火闌珊處」。最後的場景是一個凝鏡，沒有動作，沒有聲音，詩人和「那人」可能就是這樣互相凝望，百感交集。不少評論者認為，辛棄疾所寫在「燈火闌珊處」的「那人」是自身的投射。辛棄疾歸南宋後力主抗金，受到主和派的打壓。他不願與苟且偷安的人同流合污，寧願遺世獨立，鬱鬱而終。梁啟超認為這首詞正是表現辛棄疾「自憐幽獨，傷心人別有懷抱」（《藝蘅館詞選》）。這位遠離繁華，自甘寂寞的「那人」，就象徵辛棄疾一直追尋的不慕榮華、孤高脫俗的君子情操。

　　《青玉案‧元夕》的寫作手法也很值得欣賞。作者先用大量筆墨渲染了元宵夜的熱鬧景象，一片繁華歡樂，最後突然把筆鋒一轉，以冷清作結，形成了鮮明強烈的對比。這種對比，不僅起到了突出人物形象的作用，更造成了意境上的強烈反差，加強了詞的深度。最後詩人與「那人」的相遇，更是一種非常現代的表現手法。「那人」既是作者的自身投射，最後的場景，就是作者回望自己，這是一個超脫的自己，是經過苦苦追求，卻落得孤獨落寞的自己。讀者看罷，對作者也生出複雜的感情，或敬佩，或

憐惜，或感同身受。

　　王國維在《人間詞話》中，以此詞最後幾句「眾裏尋他千百度。驀然回首，那人卻在，燈火闌珊處」代表「古今成大事業大學問者」的最高境界。讀書人窮一生精力追尋學問或理想，似乎無甚得着，有一天忽然不經意地回望，才看到所追尋的原來就在不遠的那邊。「眾裏尋他千百度」帶有無限的辛酸，「驀然回首」發覺千辛萬苦追求的原來近在咫尺，那種驚喜、淒酸、安慰，百感交集，未經過一番歷練的人難以理解。這種解釋當然與辛棄疾原詞所表達的未必相同，而讀者往往可加上自己的經歷和理解，從作品中接收到不同的信息。詩詞中的意象，更容易令讀者各有不同的得着和詮釋；也是這種可擴展的豐富內涵，提高了作品的生命力。

狂生歎知交零落

——辛棄疾《賀新郎》

賀新郎 [1]

辛棄疾

邑中 [2] 園亭，僕皆為賦此詞。一日，獨坐停雲 [3]，水聲山色競來相娛，意溪山欲援例者。遂作數語，庶幾彷彿淵明思親友之意 [4] 云。

甚矣吾衰矣 [5]！悵平生、交游零落，只今餘幾。白髮空垂三千丈 [6]，一笑人間萬事。問何物能令公喜？我見青山多嫵媚 [7]，料青山、見我應如是。情與貌，略相似。　　一尊 [8] 搔首 [9] 東窗裏。想淵明、停雲詩就 [10]，此時風味。江左沉酣求名者 [11]，豈識濁醪 [12] 妙理。回首叫雲飛風起。不恨古人吾不見，恨古人、不見吾狂耳。知我者，二三子。

註釋

1　**《賀新郎》**：詞牌名，又名《金縷曲》、《乳燕飛》等。此調最早見於《東坡樂府》所收蘇軾詞，原名《賀新涼》，後來將「涼」字誤作「郎」字。

2　**邑中**：辛棄疾晚年被迫投閒置散，僑居江西上饒，後再遷到鉛山，這裏應指鉛山縣。

3　**停雲**：辛棄疾當時在鉛山（今屬江西）瓢泉旁築了新居，其中有「停雲堂」，是取陶淵明《停雲》詩意。

4　**淵明思親友之意**：晉陶淵明有《停雲》詩四首，自序云：「停雲，思親友也。」

5　**甚矣吾衰矣**：自歎衰老，出自《論語·述而篇》：「子曰：甚矣！吾衰也久矣！」

6　**白髮空垂三千丈**：用李白詩「白髮三千丈，緣愁似箇長」典故，誇張的説法，隱含愁多。

7　**嫵媚**：本指女子姿態嬌美，這裏用作形容景致優美動人。

8　**尊**：同「樽」。

9　**搔首**：用手搔髮，形容心有所思的樣子。搔（sāo），粵音蘇。

10　**想淵明、停雲詩就**：想像陶淵明寫好《停雲》詩時。就，完成。

11　**江左沉酣求名者**：江左，江東稱江左；約當今江浙一帶。沉酣求名者，醉心功名利祿的人。

12　**醪**：濁酒。醪（láo），粵音盧。

導讀

　　辛棄疾充滿愛國熱忱，二十多歲時帶領義軍投奔南宋，以為可盡忠報國，光復中原，可惜終其一生都不能完成北伐志願。他文武雙全，英雄既無用武之地，在投閒置散之時，就寄情寫作。除了寫報國的志願，他的詞有很多不同的內容和風格，如田園風光、日常生活、人情世態、生活感受、愛情故事，甚麼都可以寫。辛棄疾寫閒居生活的作品，雖沒有「金戈鐵馬，氣吞萬里如虎」的逼人氣勢，

卻另有一種趣味。《賀新郎》「甚矣吾衰矣」就是這類作品。

據鄧廣銘《稼軒詞編年箋注》考證，此詞約作於宋寧宗慶元四年（1198）左右。辛棄疾投奔南宋後，最初雖得到宋主賞識，但因南宋君主的苟安心態，他在二十年間只做過些地方小官，到四十歲左右更因被彈劾而閑居鄉間，此後在江西過了近二十年的隱居生活。這首詞就是他第二次被貶後，在江西鉛山居所中「停雲堂」所寫。這首詞前有序，說此詞「庶幾彷彿淵明思親友之意云」。東晉陶淵明有《停雲詩》，說是「思親友也」，辛棄疾在序中說明此詞有類似陶詩的用意。這首詞與其說是懷念親友，不如說是借慨歎知交零落，抒發自己失意於政治，寄情山水的情懷。

詞的起頭即發出慨歎：「甚矣吾衰矣！」說自己已年邁力衰，回顧一生，與自己相知相交的人很少，如今只剩幾個？辛棄疾一向看不慣官場上的苟安風氣，知交寥寥可數。他寫這首詞時已五十九歲，又謫居多年，故交零落，因此發出這樣的慨歎。再回想自己年少時鐵馬渡江，轉眼已成衰翁，事業無成，能不令人惆悵？下面引李白詩：「白髮三千丈」，加入「空垂」二字，表示自己蹉跎歲月，一事無成，更加無奈，對人間萬事只能付之一笑了。這一笑似淡淡道來，稍作開解，卻包含了無限蒼涼和怨憤。「問何物能令公喜」一句再作設問，似乎人間事已沒有甚麼值得辛棄疾喜悅的了。他卻把焦點一轉，投到眼前的山水景色上。「我見青山多嫵媚，料青山、見我應如是。情與貌，略相似」是備受讚賞的名句。辛棄疾在人世找不到知交，便只好以眼前青山暫代，互相觀賞，相交相知。中國古代文人常在失意之時寄情山水，聊以慰藉心靈。辛棄疾在此之上

又另有特別的角度，除了自己看山，又想像青山也在看自己，而且認為自己一樣「嫵媚」，可說是重新肯定自己，對自己的一種勉勵。

　　詞的下闋先由飲酒着筆，辛棄疾寫自己對酒思友，就與陶淵明當日寫《停雲》詩的心情相仿。這裏化用了《停雲》的詩句：「靜寄東軒，春醪獨撫。良朋悠邈，搔首延佇」融為下闋第一句，既表示自己思友之情，也有以陶淵明自況之意。東晉時期朝廷偏安江左，朝政腐敗，陶淵明寧願棄官歸隱。南宋局勢也有相似之處，辛棄疾在詞中寫「江左沉酣求名者，豈識濁醪妙理」，既承上指東晉時官場中沉醉名利的人，根本不瞭解陶淵明寧在鄉間飲濁酒的心態；也暗指南宋朝廷中人也是利欲薰心，與自己志向不同。不過他仍是未能完全放棄恢復國土的壯志，接着一句「回首叫雲飛風起」，可見他仍盼有東山再起的一天。下面兩句又用了一個特別的角度去肯定自己：「不恨古人吾不見，恨古人、不見吾狂耳。」一般讀書人都會仰慕一些古人，常作「吾生也晚」之歎，辛棄疾卻另闢蹊徑，不恨見不到古人，只恨古人看不到自己的狂放。這兩句與上闋「我見青山多嫵媚，料青山、見我應如是」的心態相似，但更多了一份憤慨，寧自許為「狂」，有我行我素之意。最後以只有二三知己便已滿足作結。

　　辛棄疾的詞，除了有廣泛的內容，在寫法上也有很大的發展。蘇軾的詞擴大了宋詞的境界，他以詩為詞，題材多樣化。辛棄疾再進一步，被指以散文的寫法來寫詞，甚至日常對話都可寫進詞裏。他又喜歡用典，像這首《賀新郎》便引用陶詩。再者，辛詞所引不單有前人詩賦，更會有經、史、子中的散文語句。到他手裏，詞的

語言可謂變化多端。像這首《賀新郎》第一句「甚矣吾衰矣」就像散文句多於詩句。這句出自《論語・述而》：「甚矣吾衰也！久矣吾不復夢見周公。」詞的最後兩句「知我者，二三子」其實也出自《論語・述而》：「二三子以我為隱乎？」既隱含古人之志，又有如日常用語，讀者不懂典故也不會影響理解詞意。這又是辛詞高明之處。

想像奇特的送月詞

—— 辛棄疾《木蘭花慢》

木蘭花慢 [1]

辛棄疾

中秋飲酒將旦，客謂前人詩詞有賦待月，無送月者。因用《天問》[2] 體賦。

可憐今夕月，向何處、去悠悠 [3]？是別有人間，那邊纔見，光影東頭？是天外，空汗漫 [4]，但長風浩浩送中秋？飛鏡無根誰繫？姮娥 [5] 不嫁誰留？　謂經海底問無由，恍惚使人愁。怕萬里長鯨，從橫 [6] 觸破，玉殿瓊樓。蝦蟆 [7] 故堪浴水，問云何玉兔 [8] 解沉浮？若道都齊無恙，云何漸漸如鉤？

註釋

1　**《木蘭花慢》**：詞牌名。《木蘭花》原為唐教坊曲名，宋人演為慢調。

2　**《天問》**：戰國時代屈原所作。屈原遭放逐之後，憂愁苦悶，對天地間許多事情感到懷疑，提出疑問以抒愁悶，寫成《天問》。該篇完全以問句構成，一口氣對天、對地、對自然、對社會、對歷史、對人生提出了 173 個問題。

3　**悠悠**：高遠無盡的樣子。

4　**汗漫**：渺茫無際的樣子。

5　**姮娥**：后羿的妻子，傳說因偷吃不死之藥而飛昇月宮，成為仙女。漢人為避文帝諱，改「姮」為「嫦」，成為後人熟悉的「嫦娥」。

6　**從橫**：同「縱橫」。

7　**蝦蟆**：蛙屬動物，亦作「蛤蟆」。這裏指「蟾蜍」。相傳月亮上有蟾蜍，出自《淮南子·精神》：「日中有踆烏，而月中有蟾蜍。」

8　**玉兔**：相傳月中有兔，古人常以玉兔作為月亮的代稱。

導讀

　　前面介紹過蘇軾是詞家的多面手。辛棄疾的傳世詞作數量比蘇軾大得多，風格也十分多樣化，甚麼題材都可入詞。這裏介紹的《木蘭花慢》是一首詠月詞，並非辛棄疾最為人傳誦的作品。中國古典詩詞中，詠月和寫中秋的作品可謂多不勝數，要脫穎而出實在不易。辛棄疾這首《木蘭花慢》，雖比不上不蘇軾的《水調歌頭》和李白的《把酒問月》著名，但也是一首不落俗套、趣味盎然的作品，值得一讀。

　　這首詞前有小序，已說明辛棄疾要把中秋詞寫得與別不同。這首詞寫在中秋暢飲後，快將天亮時，不是待月、賞月，而是送月，

而且用類似屈原《天問》的形式來寫。一般作品寫中秋多為懷人或思鄉，辛棄疾這首詞卻沒有懷人，沒有思鄉，也不弔古，而是發問了一連串有關月的問題。李白和蘇軾有著名的「問月」作品，而這首辛詞卻不單以「問月」起句，更是一問到底，全篇都是問題，這就是他說的「天問體裁」。他的問題不像屈原般沉重，而是十分有趣的，也可看到他對大自然的觀察力和想像力。

　　詞的開頭寫月快要西沉，辛棄疾不像李白、蘇軾問月從哪裏來，而是問：這麼可愛的月，你要到哪裏去？接着他為月的去向作了連串猜想：是不是另外有一個人間，他們那邊看到你又剛從東邊升起？還是天外空闊無邊，只有浩浩長風送你走？辛棄疾的猜想雖是憑空而來，但現在看來又與科學吻合。月亮繞地球運行，在我們這邊落下了，確實會在世界的另一邊升起。而宇宙浩瀚，又與辛棄疾所形容有點相似。王國維曾在《人間詞話》中評這首詞：「詞人想像，直悟月輪繞地之理，與科學家密合，可謂神悟。」辛棄疾生活在十二世紀，比提出地球環繞太陽運行理論的西方天文學家哥白尼早了三百多年。接着辛棄疾再提兩個自己不解的問題，一個是似飛鏡的月沒有繩子或樹根連繫，為何可掛在空中？這又接近科學性的問題。另一個問題就與神話傳說相關：月中的嫦娥長年孤寂，為何不嫁？是誰把她留住了？這些問題雖源自古代傳說，但角度都很新鮮。

　　詞的下闋針對月的去處繼續發問。有人說月落下後會經過海底，但不知是不是真的。如果屬實，那月殿上的瓊樓玉宇，豈不是很容易被海中的巨鯨撞毀？還有月宮上的生物如何在海中過

渡？蝦蟆（即相傳月中的蟾蜍）也可算懂得游泳，但玉兔怎麼辦？牠肯定不懂水性啊！詞人的想像又奇特又有趣，相信歷來很少人會想到為玉兔懂不懂游泳而擔心。最後他又根據一個自然現象來發問：如果說月中一切都會無恙，為甚麼她又漸漸變成鉤狀，有如破損一般？蘇軾曾說「月有陰晴圓缺，此事古難全」。月有圓缺是自然定理，從沒有人懷疑，但辛棄疾卻來一問：好好的圓月，為何漸漸變得如鉤？

　　這首詞打破了歷來詠月作品的成規，可說是發前人之所未發，充分表現了作者豐富的想像力和大膽的創新精神，別具一格。詞中更顯露了辛棄疾過人的觀察力和豐富的幽默感，今天讀來，絲毫沒有過時的感覺。同時，我們看到辛棄疾的詞作又再擴闊了詞的境界，從蘇軾的「無情不可抒」，進而為「無事不可談」了。

問世間情是何物

——元好問《邁陂塘》

邁陂塘 [1]

元好問 [2]

　　泰和五年乙丑歲 [3]，赴試并州 [4]，道逢捕雁者，云：「今日獲一雁，殺之矣，其脫網者，悲鳴不能去，竟自投于地而死。」予因買得之，葬之汾水 [5] 之上，累石為識，號曰「雁丘」。並作《雁丘詞》。

　　問世間，情是何物？直教生死相許。天南地北雙飛客，老翅幾回寒暑 [6]。歡樂趣，離別苦，就中 [7] 更有癡兒女。君應有語，渺萬里層雲，千山暮雪，隻影向誰去？　　橫汾路，寂寞當年簫鼓 [8]，荒煙依舊平楚 [9]。

招魂楚些[10]何嗟及，山鬼暗啼風雨[11]。天也妒，未信與，鶯兒燕子俱黃土。千秋萬古，為留待騷人[12]，狂歌痛飲，來訪雁丘處。

註釋

1. **《邁陂塘》**：詞牌名，又名《摸魚兒》。唐教坊曲名，本為歌詠捕魚的民歌。

2. **元好問**：字裕之（1190 -1257），號遺山，金代太原秀容（今山西忻州）人。金末元初文學家和歷史學家，是宋金對峙時期北方文學的主要代表，詩、文、詞、曲皆工，以詩作成就最高。

3. **泰和五年乙丑歲**：即金章宗泰和五年（1205）。

4. **并州**：古十二州之一。宋代指太原府（今山西太原）。

5. **汾水**：又稱「汾河」，黃河第二大支流，源於山西忻州寧武縣。

6. **老翅幾回寒暑**：指雙雁一起飛行多年。寒暑，冬、夏兩個季節，泛指歲月。

7. **就中**：其中。

8. **橫汾路，寂寞當年簫鼓**：用漢武帝《秋風辭》典故：「泛樓船兮濟汾河，橫中流兮揚素波。簫鼓鳴兮發棹歌，歡樂極兮哀情多。」這首歌辭是漢武帝渡汾河巡幸河東祭祀後土（土神），在舟中和群臣宴飲時所作。全篇寫感秋、懷人和感傷老大的心情。

9. **平楚**：由高處遠眺所呈現叢木齊平的景象。楚，叢木。

10. **招魂楚些**：用屈原楚辭典故。屈原《招魂》中多以「些」為句末助詞。如：「魂兮歸來，南方不可以止些。」後以「楚些」為楚辭或招魂的代稱。

11. **山鬼暗啼風雨**：用屈原楚辭典故。屈原《九歌·山鬼》中有：「雷填填兮雨冥冥，猨啾啾兮又夜鳴。風颯颯兮木蕭蕭，思公子兮徒離憂。」

12. **騷人**：屈原曾作《離騷》，後世稱詩人為「騷人」。

導讀

　　宋詞以言情著名，有不少感動人心的詞作，都是我們熟悉的名家作品。但有一首詞，以往並沒有多少人注意，近五十年才為人所熟悉，引以歌頌偉大的愛情。很多人根本不知道它的作者是誰，而它為人知曉卻不是因為詞的本身，而是因為一部小說。這是在金庸小說《神鵰俠侶》中，赤練仙子李莫愁常唱的一首詞：「問世間，情是何物？直教生死相許。……」

　　李莫愁所唱，其實是金代元好問詞《邁陂塘》的上闋。「金」是女真族在中國北方建立的國家，金人在宋欽宗時（1127）長驅直入，擄去徽、欽二帝，逼使宋朝偏安江左，成為南宋。誰料金國的國祚比南宋更短，在1234年為蒙古所滅，比南宋早了四十五年。

　　元好問是金元時代最著名的文學家。他是山西人，是唐代詩人元結的後裔，生於金章宗明昌元年（1190），也就是宋光宗執政時期。此時金在中國淮河以北土地上的統治已有數十年，金人已經漢化，民生也比南宋好。元好問一直在金國統治下生活，他不像辛棄疾等經歷北宋覆亡的一代，常想着驅逐胡虜，而是把金當成自己的祖國了。他在金朝中進士後為官，到中年時蒙古人聯宋滅金，他也就經歷亡國之痛，被蒙古人拘禁了一段時間。後來元朝統治者慕元好問之名而多次邀其出仕，都被他拒絕。金亡後二十多年，元好問始終隱居不仕，潛心編纂著述，致力保存金代文化。

　　元好問本來以詩最為著名，常反映亂世中民間疾苦。由於拜金庸所賜，他這首《邁陂塘》在近年才為人熟悉。這首詞前本來有序，

說明它的寫作背景，元好問稱為《雁丘詞》。

這首詞應該寫於元好問年輕時候。序中說他在泰和五年（1205年）到并州（今山西太原）赴試，在路上遇到一個捕雁的獵人，對他說：那天捕獲一隻雁，把雁殺了。怎料另有一隻已經從網中逃脫的雁，看到同伴已死，悲鳴不去，竟然自行撞向地上而死。元好問聽到此事，便把雁買下來，把牠們葬在汾水之上，用石堆疊成塚，名為「雁丘」，並以《邁陂塘》的詞牌寫了這首《雁丘詞》。從序看來，元好問是受到雁兒的感動而寫這首詞，他在詞中把雁擬人化，寫成是「生死相許」的「癡兒女」。動物尚且如此重情，更何況是作為萬物之靈的人類呢？

《邁陂塘》是較長的詞牌，雙調一百一十六字，金庸小說《神鵰俠侶》中常引的是詞的上闋。

詞以一個問句開始，破空而來。「問世間，情是何物？直教生死相許。」寫得淺白，但能引起人無限思緒。在這世間，究竟甚麼是情，以致不惜以生死相許？這種情不單存在人類之間，在世間萬物中也可見到。作者以「天南地北雙飛客」來形容一對雁兒，說牠們本來一起飛到天南地北，共同度過多少寒暑，經歷很多歡樂的日子，一旦別離，就有無限的愁苦。作者以「癡兒女」來形容雁，當一隻被獵殺後，另一隻不忍獨生，也跟着自盡而死。為甚麼牠這麼「癡」？大概是怕從此只剩隻影，不能忍受獨自飛過萬里層雲、千山暮雪的孤清。詞既寫雁，又可引申到人，大有「雁猶如此，人何以堪」的感慨。

詞的下闋開始時寫景。作者把雁兒葬在汾水之上，這裏便寫汾

水四周的景象，與上闋淺白用語不同，用了較多的典故。「橫汾路，寂寞當年簫鼓，荒煙依舊平楚」三句化用了漢武帝的《秋風辭》。當年漢武帝渡汾河祭祀時，簫鼓喧鬧，棹歌四起，如今簫鼓聲絕，平原只有荒煙，一派蕭條。這裏寫所處的汾水之地現今荒涼寂寞，與《秋風辭》中所寫的畫面形成極大的對比。後面兩句引屈原《楚辭》，以「招魂」、「山鬼」哀悼死者。雁兒的美滿好像遭到上天的妒忌，其實一切生命，不論鴛兒燕子，最後也歸塵土。這片土地經歷千秋萬世，有很多令人感慨的故事，就留待騷人墨客來到雁丘前，狂歌痛飲，憑弔一番。

《邁陂塘》上闋主力言情，下闋較多感時。金國曾在之前受到蒙古人的襲擊，很多郡縣都被攻破，元好問一家也要逃難，他的兄弟更被殺戮，因此他對時局、對生命有一番感觸。這首詞所寫之情，突破了小兒女的旖旎柔媚，可說是秉承了蘇辛豪放派的詞風。詞中把情提升到更高一層的生死相許，更加入對歷史的感慨。它曾感動了金庸，更繼而感動了萬千讀者。

清新可喜的元散曲
—— 《天淨沙》、《四塊玉》

天淨沙・秋思

馬致遠 [1]

枯藤老樹昏鴉，小橋流水人家，古道西風瘦馬。
夕陽西下，斷腸人在天涯！

天淨沙・春

白樸 [2]

春山暖日和風，闌干 [3] 樓閣簾櫳 [4]，楊柳秋千院中。
啼鶯舞燕，小橋流水飛紅。

天淨沙·秋

白樸

　　孤村落日殘霞，輕煙老樹寒鴉。一點飛鴻影下，青山綠水，白草紅葉黃花。

天淨沙·魯卿庵中

張可久 [5]

　　青苔古木蕭蕭 [6]，蒼雲秋水迢迢 [7]。紅葉山齋小小，有誰曾到？探梅人過溪橋。

 註釋

1　**馬致遠**：字千里（1250- 約 1321），號東籬，元代大都（今北京市）人。元代著名戲劇家、散曲家，與關漢卿、鄭光祖、白樸並稱「元曲四大家」。散曲作品風格兼有豪放、清逸的特點。

2　**白樸**：字太素（1226- 約 1306），號蘭谷，原名恒，字仁甫；祖籍隩州（今山西河曲），後遷居真定（今河北正定）。宋末元初文學家，與關漢卿、鄭光祖、馬致遠並稱「元曲四大家」。

3　**闌干**：同「欄杆」。

4　**簾櫳**：窗戶上的竹簾。

5　**張可久**：字伯遠（約 1270-1348 以後），號小山（一說名伯遠，字可久，號小山），元代浙江慶原路（今浙江寧波）人。為元代傳世散曲最多的作家，是元散曲「清麗派」的代表。

6　**蕭蕭**：形容落葉聲。

7　**迢迢**：遙遠的樣子。

四塊玉 · 閒適

關漢卿[1]

其一

南畝耕，東山臥。世態人情經歷多。閑將往事思量過，賢的是他，愚的是我，爭甚麼？

其二

舊酒投，新醅[2]潑[3]，老瓦盆[4]邊笑呵呵。共山僧野叟[5]閑吟和。他出一對雞，我出一箇鵝，閑快活！

 註釋

1. **關漢卿**：號己齋（約 1220-1300）、己齋叟，金末元初解州（今山西運城）人，另一說是大都（今北京市）人。元代雜劇代表人物，與馬致遠、鄭光祖、白樸並稱「元曲四大家」。
2. **新醅**：新酒。醅，沒有過濾的酒。醅（pēi），粵音胚。
3. **潑**：傾倒。
4. **老瓦盆**：粗陋的盛酒器。
5. **叟**：老年男子。

導讀

南宋覆亡以後，中國歷史進入元代。元代的統治者是蒙古人，

他們以強大的武力入主中原，漢人的政治地位很低，文人的地位也被低貶，唐宋以來多姿多彩的文學發展到此暫時中斷。不過由於商業經濟的發達，此時的民間藝術卻有長足的發展，較突出的有說唱文學和戲曲，成為當時具代表性的文學體裁，就是「元曲」。當時不少有才華的文人，在政治上既無用武之地，便轉移到元曲的創作。元曲的音樂性和表演性很強，分為清唱的「散曲」和有劇情的「雜劇」（戲曲）。

　　散曲的結構相對簡單，是承接詩和詞再發展的韻文。散曲相信來自民間的俗謠俚曲，與詞的來源和發展相似。詞本來是配合音樂歌唱的歌詞，後來由於文人大量參與創作，變得越來越典雅精緻，也漸漸與音樂脫離。民間需要另一種能合樂的歌詞，在宋金元之際有大量外族歌曲傳入中原，逐漸形成另一種新曲，後來稱這種新體裁為「散曲」，比唐宋詩詞更淺白和通俗生動。散曲主要分為「小令」和「套數」。小令是散曲體制的基本單位，調短字少。套數又叫「套曲」，由同一宮調的幾首曲牌聯合而成，各曲同押一部韻。套數可以自行成篇，也是雜劇每一折的基本組成部分。

　　這裏介紹幾首小令。首先是四首《天淨沙》，它們都用同一個曲牌。我們較為熟悉的是馬致遠的《天淨沙・秋思》。這首曲十分短小，結構簡單，但佈局有其巧妙之處。首三句十八字，以九個名詞組成一幅秋景畫卷；以極精練的語言，生動地描寫深秋黃昏的村野景色。枯藤、老樹、昏鴉，構成一派荒涼肅殺的景象，但接着的小橋、流水、人家，又帶入一些溫馨的氣氛，兩句形成對比。第三句的古道、西風、瘦馬，視點又從溫暖的人家拉遠，看到一個孤獨

的身影。再看天際夕陽，時近黃昏。最後一句「斷腸人在天涯」是點睛之句，原來古道上騎着瘦馬的是個「遊子」，在這肅殺的秋天，路過小橋流水人家，看到黃昏時人們都歸家休息，自己卻仍在道上，無家可歸，寧不斷腸？這首曲以落寞遊子的視點，勾勒一幅秋色圖，更在圖中凸顯遊子的愁思，情景交融，淒美感人。

另外三首《天淨沙》，出自另外兩位元曲大家白樸和張可久。都是以描寫為主，以大量形容詞和名詞，刻劃不同季節的自然景色，細緻而韻味深遠，給人清新可喜的感覺。白樸兩首《天淨沙》，其實選自一套聯章體散曲。小令篇幅短小，但可以由同題同調的數支小令組成聯章體，又稱「重頭小令」，用來合詠一事或分詠數事。白樸的《天淨沙》就本來有春、夏、秋、冬四首。

散曲一般寫得比較通俗，意思直接。以上四首曲的作者都是飽讀詩書的讀書人，寫來已比較雅化，不過仍是比詞要淺白得多。另一類的散曲作者是積極投入市井生活的劇作家，他們的作品更為通俗和口語化，也就是元曲的本色，被稱為「本色派」。從這裏所選的關漢卿兩首《四塊玉‧閑適》，可見其特色。

這兩首小令意態瀟灑，言淺意深，表現了關漢卿久經人事，看破世情，寧願在山野過簡樸隱居生活的心情。曲中主人公就像與鄰里閑話家常，內容通俗，用詞十分口語化，不用多加解釋已可明白。

元散曲除了通俗淺白的特色，在形式上也較為自由。其實散曲像詞一樣，也要按曲譜填詞，而且押韻要分聲調，才可更好地配合樂音；不過在填詞時卻可以在曲譜內隨意增加每句字數，這些增加的字稱為「襯字」。我們看看兩首《四塊玉‧閑適》，便可理解。

《四塊玉》是曲牌名，本有固定的曲式，全首七句，句式是三、三、七、七、三、三、三。《四塊玉·閒適》第一首前四句和最後一句都按照原曲譜來填，第五、六句卻比原譜多了一個「的」字，這個就是襯字。第二首更把第四句改為八個字，第五、六句改為五個字，都是增加了襯字。這兩首曲的句式雖然與原譜不同，但又沒有人說它不合譜，可見散曲的創作彈性很大。這種彈性大大擴闊了作曲人的創作空間，豐富了元曲的生命力。

感天動地竇娥冤
——關漢卿《竇娥冤·法場》

竇娥冤·法場（節選）

關漢卿

〔外[1]扮監斬官上，云〕下官監斬官是也。今日處決犯人，着做公的[2]把住巷口，休放往來人閑走。〔淨[3]扮公人，鼓三通，鑼三下科[4]，劊子磨旗[5]、提刀、押正旦[6]帶枷[7]上，劊子云〕行動些，行動些，監斬官去法場上多時了。〔正旦唱〕

【正宮·端正好】沒來由犯王法，不提防遭刑憲[8]，叫聲屈動地驚天。頃刻間遊魂先赴森羅殿[9]，怎不將天地也生埋怨。

【滾繡球】有日月朝暮懸，有鬼神掌着生死權。天地也只合把清濁分辨，可怎生糊突[10]了盜跖顏淵[11]：為善的受貧窮更命短，造惡的享富貴又壽延。天地也，做得個怕硬欺軟，卻原來也這般順水推船。地也，你不分好歹何為地。天也，你錯勘[12]賢愚枉做天！哎，只落得兩淚漣漣。

……（中略）

〔正旦跪科〕〔劊子開枷科〕〔正旦云〕竇娥告監斬大人，有一事肯依竇娥，便死而無怨。〔監斬官云〕你有甚麼事？你說。〔正旦云〕要一領淨席，等我竇娥站立；又要丈二白練[13]，掛在旗槍上。若是我竇娥委實冤枉，刀過處頭落，一腔熱血休半點兒沾在地下，都飛在白練上者。〔監斬官云〕這個就依你，打甚麼不緊[14]。〔劊子做取席科，站科，又取白練掛旗上科〕〔正旦唱〕

【耍孩兒】不是我竇娥罰下這等無頭願，委實的冤情不淺。若沒些兒靈聖與世人傳，也不見得湛湛青天[15]。我不要半星熱血紅塵灑，都只在八尺旗槍素練懸。等他四下裏皆瞧見，這就是咱萇弘化碧[16]，望帝啼鵑[17]。

〔劊子云〕你還有甚的說話，此時不對監斬大人說，幾時說

那？〔正旦再跪科，云〕 大人，如今是三伏天道¹⁸，若竇娥委實冤枉，身死之後，天降三尺瑞雪，遮掩了竇娥屍首。〔監斬官云〕這等三伏天道，你便有沖天的怨氣，也召不得一片雪來，可不胡説！〔正旦唱〕

【二煞】你道是暑氣暄¹⁹，不是那下雪天；豈不聞飛霜六月因鄒衍²⁰？若果有一腔怨氣噴如火，定要感得六出冰花²¹滾似綿，免着我屍骸現；要甚麼素車白馬²²，斷送²³出古陌荒阡²⁴？

〔正旦再跪科，云〕 大人，我竇娥死的委實冤枉，從今以後，着這楚州亢旱三年。〔監斬官云〕打嘴！那有這等説話！〔正旦唱〕

【一煞】你道是天公不可期，人心不可憐，不知皇天也肯從人願。做甚麼三年不見甘霖降？也只為東海曾經孝婦冤²⁵。如今輪到你山陽縣。這都是官吏每無心正法，使百姓有口難言。

〔劊子做磨旗科，云〕 怎麼這一會兒天色陰了也？〔內做風科，劊子云〕好冷風也！〔正旦唱〕

【煞尾】浮雲為我陰，悲風為我旋，三椿兒誓願明題遍[26]。〔做哭科，云〕婆婆也，直等待雪飛六月，亢旱三年呵，〔唱〕那其間才把你個屈死的冤魂這竇娥顯。

〔劊子做開刀，正旦倒科〕〔監斬官驚云〕呀，真個下雪了，有這等異事！〔劊子云〕我也道平日殺人，滿地都是鮮血，這個竇娥的血，都飛在那丈二白練上，並無半點落地，委實奇怪。〔監斬官云〕這死罪必有冤枉，早兩椿兒應驗了，不知亢旱三年的說話，準也不準？且看後來如何。左右，也不必等待雪晴，便與我抬他屍首，還了那蔡婆婆去罷。

〔眾應科，抬屍下〕

 註釋

1 **外**：古代戲曲中的腳色名稱，多扮演老年男子。

2 **做公的**：指公差。

3 **淨**：古代戲曲中的腳色名稱，大都扮演勇猛、剛強或奸險性格的人物。通常會畫上臉譜，今稱為「花臉」。

4 **科**：古代戲曲術語。戲劇動作的總稱，包括舞台的程式、武打和舞蹈。

5 **磨旗**：像推磨般揮動着旗幟。

6 **正旦**：古代戲曲中的腳色名稱，扮演劇中主要女性人物，即「女主角」。

7 **枷**：古時套在犯人脖子上的刑具。用木板製成。

8 **刑憲**：刑法。憲，法令。

9 **森羅殿**：傳說中閻王所居住的殿堂。

10 **糊突**：糊塗、混亂。

11 **盜跖顏淵**：好人與壞人的代稱。盜跖，春秋時有名的大盜。顏淵，春秋時孔子

的學生，以德行著稱，是當時的賢者。盜跖顏淵這兩詞連在一起比喻上天的不公平，因為賢人顏淵沒有得到善終，而惡人盜跖卻得享長壽。跖（zhí），粵音隻。

12 **錯勘**：錯誤地判斷。勘，評核、察看。

13 **白練**：白色的絹布。練，柔軟潔白的絲絹。

14 **打甚麼不緊**：有甚麼要緊。

15 **湛湛青天**：天理昭彰。湛湛，清明澄澈的樣子。

16 **萇弘化碧**：周大夫萇弘忠貞為國而遭奸人讒毀，放歸蜀，後剖腸自殺而死。蜀人感其忠誠，乃以小匣盛其血珍藏，三年後，其血化為碧玉。故事見《莊子‧外物篇》。後來用「萇弘化碧」比喻精誠忠正。

17 **望帝啼鵑**：望帝，古蜀國國君杜宇的稱號，相傳他讓位予臣子，隱居西山，死後魂魄化為杜鵑鳥，在山中日夜悲啼。

18 **三伏天道**：盛暑天氣。農曆由夏至後第三個庚日起，每十天為一伏，共三十天，是一年中天氣最熱的時候。

19 **暄**：溫暖的。

20 **飛霜六月因鄒衍**：戰國時鄒衍事燕惠王被讒下獄，時值五月炎夏，卻突然降霜的故事。見漢代王充《論衡‧感虛》：「鄒衍無罪，見拘於燕，當夏五月，仰天長歎，天為隕霜。」後來傳說變成六月，後世多以「六月飛霜」比喻有冤獄。

21 **六出冰花**：指雪花。因雪似花瓣分為六片，所以稱為「六出」。

22 **素車白馬**：古代辦喪事所用的車馬。

23 **斷送**：宋元俗語，埋葬死者。

24 **古陌荒阡**：荒郊野外。阡陌，小路。

25 **東海曾經孝婦冤**：典出《漢書‧于定國傳》。相傳東海有一孝婦守寡，她的婆婆不想連累她，自縊而死。小姑誣告孝婦殺害婆婆，太守沒有查明案件，把孝婦斬了，東海因而乾旱三年。

26 **明題遍**：全部訴説明白。

 導讀

　　現代的文學體裁一般分為四大類：詩歌、散文、小說、戲劇。

從自古以來流傳的作品看來，詩歌出現得最早，接着是散文，然後是小說，最後是戲劇。中國的古典戲劇一般稱為「戲曲」，是一種包含多種元素的表演藝術。戲曲表演包括唱念做打，綜合了對白、音樂、歌唱、舞蹈、武術和雜技等多種表演方式，其中的劇本也可以作為一種獨立的文學作品來欣賞。

中國戲曲的發展到元代才算成熟。元代的戲曲一般稱為「雜劇」，是把唱曲和戲劇表演結合的多元藝術。雜劇是較複雜的體裁，是戲曲的劇本，要寫明演員唱的曲詞、說白、表演的方式和音樂的安排等。元代出現了很多著名的劇作家，其中最有名的是關漢卿。他一生創作了六十多個劇本，題材廣泛，影響力大，被譽為東方的莎士比亞。我們對關漢卿的生平所知不多，只知道他生於金代末年，後來長期生活在元朝的首都——大都，也即是今天的北京。他的戲劇作品經常上演，而且自己可以粉墨登場，是當時的戲劇界領袖。他的劇作流傳到今天只留下十七部，其中最有名的是《竇娥冤》。這裏的選段來自此劇的第三折，根據內容加上名稱《法場》。

在看《竇娥冤‧法場》內容之前，我們先要瞭解雜劇的元素和結構。雜劇的劇本由曲詞、賓白和科介三項要素組成。「曲詞」是最主要的部分，由劇中主要演員演唱；「賓白」是劇中對白，兩個人的對話是「賓」，一個人的獨白是「白」；「科介」是演出提示，用來說明每個角色的表情動作和舞台效果，例如《法場》中「正旦跪科」就是說明由正旦飾演的竇娥要做下跪的動作。

雜劇的結構是一本四折，即是一套劇有四幕，表現劇情的起、承、轉、合。通常在四折之外再加一「楔子」，加在開頭的作為序幕，

加在各折之間的用作貫串劇情。每折都有一套曲子，用同一個宮調（類似現代音樂的調）的曲牌組成，由劇中的男主角（正末）或女主角（正旦）一人演唱到底。由正末唱的劇叫「末本」，由正旦唱的劇叫「旦本」；像《竇娥冤》就是旦本劇，每折都由正旦飾演的竇娥獨唱。除了末和旦，雜劇還有淨、雜或丑等次要角色，他們都只有說白，不會演唱。

《竇娥冤》一劇全名是《感天動地竇娥冤》，講述竇娥被冤屈致死的故事，是激動人心的悲劇代表作。關漢卿生活在元代，當時漢人在外族統治下飽受壓迫，一般人都不敢吭聲。像關漢卿這樣的文人，只能借戲劇宣洩自己的不滿。當時社會上也時有冤案發生，據說關漢卿此劇是根據當時真實的「張小蘭案」為藍本，再加上一些民間故事的情節而寫成，借演出為冤死的人鳴不平。

故事說竇娥自小喪母，父親竇天章是個窮秀才，因借了寡婦蔡婆的錢無力償還，就把竇娥送給蔡家做童養媳。竇娥長大後嫁作蔡家媳婦，誰料不到兩年丈夫就死了，只好兩婆媳相依為命。一天蔡婆向人討債時差點被勒死，恰好被張驢兒父子所救。這兩父子本是無賴，趁機住進蔡家，並要脅蔡家婆媳與他們父子成親，意圖財色雙收，但為竇娥堅拒。蔡婆病中想吃羊肚湯，張驢兒趁機在湯中下毒，不料被張父誤吃，中毒身亡。張驢兒趁此威逼竇娥改嫁給他，但遭竇娥拒絕，於是張就告到官府。官府的貪官受賄後，以酷刑逼使竇娥含冤招認殺人。竇娥被判斬刑，臨刑之時發下三大誓願，以證明她的冤屈。結果誓願應驗，行刑時正值酷暑六月，卻天降大雪，楚州後來也遭大旱三年。竇娥死後，他的父親做了官，到楚州巡按，

竇娥鬼魂現身控訴，終於查明此案，將貪官、張驢兒等一一正法。

《竇娥冤》第三折由十支曲子、相關賓白和科介組成。內容寫竇娥被逼承認殺人後，被押到刑場處斬，在死前對命運和貪官作出控訴，並發下三大誓願要證明自己的冤屈。這一折可說是全劇的高潮，集中表現竇娥的怨和憤，對當時社會吏治的腐敗作出控訴。這一折開場時監斬官上場，交代要處決犯人。劊子手則磨旗、提刀，押竇娥（正旦）帶枷鎖上場，往法場前進。劊子手頻頻催促竇娥行動快些。

竇娥一上場即向天地呼冤。劇中安排她唱了兩支曲子，抒發自己含冤莫白的悲憤，是竇娥的血淚控訴。我們先看她唱的第一支曲。曲前的【正宮·端正好】是說明這一折的宮調是「正宮」，這支曲的曲牌是「端正好」。曲牌跟詞牌差不多，是固有的曲式的名稱，作者根據曲牌填詞。竇娥一上場便呼喊自己的冤屈，是「沒來由犯王法」，要向天和地叫屈至動地驚天。她知道自己難以翻案，很快便要枉死，不免埋怨天地起來。第二支曲【滾繡球】較長，是她埋怨天地的內容。自古以來，在中國傳統觀念中，認為天有神靈，地有判官，掌管人間的生死和公正，所以有「天眼昭昭，疏而不漏」的說法。可是竇娥遭受極大的冤屈，天地鬼神似乎並無為她主持公道。眼看無法翻案，快要行刑身死，竇娥悲憤得連天地也罵起來。她開始質疑傳統對天地的信念，她說：天地本應分辨清濁，為甚麼竟把盜賊（盜跖）和聖賢（顏淵）都混淆了？「為善的受貧窮更命短，造惡的享富貴又壽延。」是不是天地也怕硬欺軟，在惡勢力之下屈服？然後她唱出最強烈的控訴：「地也，你不分好歹何為地？

天也，你錯勘賢愚枉做天！」最後也是無可奈何，「只落得兩淚漣漣」。這一段是關漢卿借竇娥之口，說出對當時政治社會強烈的控訴，表示對人間的失望，對傳統觀念的質疑。

接着轉入第二部分，寫竇娥與婆婆的訣別。這部分包含四支曲【倘秀才】、【叨叨令】、【快活三】和【鮑老兒】，還有大量的說白，這裏的選篇從略。竇娥請劊子手不要走前街而要走後街，因為怕被婆婆看到，使婆婆傷心。然後飾演蔡婆的卜兒上場，兩婆媳終於在刑場相見，在二人對話中再交代了這件冤案的始末。竇娥請婆婆顧念她無親無故，日後過時過節時給她燒些紙錢，澆些水飯。這裏表現了竇娥是一個善良孝順的弱女子，為怕連累婆婆，才屈招殺人，蒙受這不白之冤，令人倍加憐憫。最後她請婆婆不要傷心，也不要埋怨，都是自己時運不濟，才會含冤負屈。她這樣說大概是不想婆婆追究下去，以免惹上麻煩。

不過竇娥自己卻對這冤屈並不罷休，很快行刑時辰已到，她向監斬大人提出要求：「要一領淨席，等我竇娥站立；又要丈二白練，掛在旗槍上。」然後發下誓願。這裏用了三支曲子【耍孩兒】、【二煞】、【一煞】分別說出三個誓願，證明自己的冤屈：行刑時熱血不濺到地上，六月飛雪掩蓋她的身體，楚州大旱三年。這是竇娥的血淚控訴，曲子寫得慷慨激昂，滿腔憤怒，似命令天要顯些靈聖給世人看，否則便不能算是湛湛青天。這裏更引用鄒衍六月飛霜和東海孝婦故事，說明「皇天也肯從人願」。最後竇娥行刑身死，她的的誓願一一應驗，表明她有無比的冤屈，實足以感天動地。

《竇娥冤》一劇被人稱許的是對人物的成功刻畫，戲劇衝突引

人入勝。竇娥以一弱小女子遭受極大的冤情，但她在死前痛罵貪官污吏，甚至控訴操控人間生死命運的天地，表現了堅強不屈的精神。第三折《法場》充滿戲劇效果，使觀眾對劇中人的遭遇深表同情，一起對不公平的社會感到悲憤，然後藉天降靈異暫時緩解觀眾壓抑的感情。關漢卿據當時冤案編成並上演此劇，大膽地為受壓迫的小市民鳴不平，觸怒了當時的權貴。據說他的劇團曾因此被查封，他本人則被遞解出境（離開大都），但他仍然不屈，繼續創作，表現了文人的錚錚風骨。

挑戰禮教枷鎖的綺夢

——湯顯祖《牡丹亭·驚夢》

牡丹亭·第十齣[1]·驚夢（節選）

湯顯祖[2]

【繞池遊】〔旦上〕夢回鶯囀[3]，亂煞年光遍[4]。人立小庭深院。〔貼〕炷盡沉煙[5]，拋殘繡線，恁[6]今春關情似去年？【烏夜啼】〔旦〕曉來望斷梅關[7]，宿妝殘[8]。〔貼〕你側着宜春髻子[9]恰憑闌[10]。〔旦〕剪不斷，理還亂，悶無端。〔貼〕已分付催花鶯燕借春看。〔旦〕春香，可曾叫人掃除花徑？〔貼〕分付[11]了。〔旦〕取鏡臺衣服來。〔貼取鏡臺衣服上〕雲髻罷梳還對鏡，羅衣欲換更添香[12]。鏡臺衣服在此。

【步步嬌】〔旦〕裊晴絲[13]吹來閑庭院，搖漾春如

線。停半晌、整花鈿 [14]。沒揣菱花 [15]，偷人半面，迤逗的彩雲偏 [16]。〔行介 [17]〕步香閨女怎便把全向現！〔貼〕今日穿插的好。

【醉扶歸】〔旦〕你道翠生生出落的裙衫兒茜 [18]，豔晶晶花簪八寶填 [19]，可知我一生兒愛好是天然 [20]。恰三春好處 [21] 無人見。不提防沉魚落雁 [22] 鳥驚喧，則怕的羞花閉月花愁顫。〔貼〕早茶時了，請行。〔行介〕你看：畫廊金粉半零星，池館蒼苔一片青。踏草怕泥新繡襪，惜花疼煞小金鈴 [23]。〔旦〕不到園林，怎知春色如許！

【皂羅袍】原來姹紫嫣紅 [24] 開遍，似這般都付與斷井頹垣。良辰美景奈何天，賞心樂事誰家院！恁般景致，我老爺和奶奶再不提起。〔合〕朝飛暮捲，雲霞翠軒；雨絲風片，煙波畫船——錦屏人 [25] 忒 [26] 看的這韶光 [27] 賤！〔貼〕是花都放了，那牡丹還早。

【好姐姐】〔旦〕遍青山啼紅了杜鵑 [28]，荼蘼 [29] 外煙絲醉軟。春香呵，牡丹雖好，他春歸怎占的先！〔貼〕成對兒鶯燕呵。〔合〕閑凝眄，生生燕語明如翦，嚦嚦鶯歌溜的圓。〔旦〕去罷。〔貼〕這園子委是觀之不足 [30] 也。〔旦〕提他怎的！〔行介〕

【隔尾】觀之不足由他繾[31]，便賞遍了十二亭臺是枉然。到不如興盡回家閒過遣。〔作到介〕〔貼〕開我西閣門，展我東閣床。瓶插映山紫[32]，爐添沉水香。小姐，你歇息片時，俺瞧老夫人去也。〔下〕〔旦歎介〕默地遊春轉，小試宜春面[33]。春呵，得和你兩留連，春去如何遣？咳，恁般天氣，好困人也。春香那裏？〔作左右瞧介〕〔又低首沉吟介〕天呵，春色惱人，信有之乎！常觀詩詞樂府，古之女子，因春感情，遇秋成恨，誠不謬矣。吾今年已二八[34]，未逢折桂[35]之夫；忽慕春情，怎得蟾宮之客[36]？昔韓夫人得遇于郎[37]，張生偶逢崔氏[38]，曾有《題紅記》、《崔徽傳》二書。此佳人才子，前以密約偷期[39]，後皆得成秦晉[40]。〔長歎介〕吾生於宦族，長在名門。年已及笄[41]，不得早成佳配，誠為虛度青春，光陰如過隙耳。〔淚介〕可惜妾身顏色如花，豈料命如一葉乎！

【山坡羊】沒亂裏[42]春情難遣，驀地裏懷人幽怨。則為俺生小嬋娟，揀名門一例、一例裏神仙眷。甚良緣，把青春拋的遠！俺的睡情誰見？則索因循靦腆[43]。想幽夢誰邊，和春光暗流轉？遷延，這衷懷那處言！淹煎，潑殘生[44]，除問天！身子困乏了，且自隱几[45]而眠。〔睡介〕〔夢生介〕〔生持柳枝上〕鶯逢日暖歌聲滑，人遇風情笑口開。一徑落花隨水入，今朝阮肇到天台[46]。小生順路兒跟着杜小姐回來，怎生不見？〔回看介〕呀，小姐，小姐〔旦作驚起介〕

〔相見介〕〔生〕小生那一處不尋訪小姐來，卻在這裏！〔旦作斜視不語介〕〔生〕恰好花園內，折取垂柳半枝。姐姐，你既淹通書史，可作詩以賞此柳枝乎？〔旦作驚喜，欲言又止介〕〔背想〕這生素昧平生，何因到此？〔生笑介〕小姐，咱愛殺你哩！

【山桃紅】則為你如花美眷，似水流年，是答兒[47]閑尋遍。在幽閨自憐。小姐，和你那答兒講話去。〔旦作含笑不行〕〔生作牽衣介〕〔旦低問〕那裏去？〔生〕轉過這芍藥欄前，緊靠着湖山石邊。〔旦低問〕秀才，去怎的？〔生低答〕和你把領扣鬆，衣帶寬，袖梢兒搵着牙兒苫也，則待你忍耐溫存一晌[48]眠。〔旦作羞〕〔生前抱〕〔旦推介〕〔合〕是那處曾相見，相看儼然，早難道這好處相逢無一言？〔生強抱旦下〕〔末扮花神束髮冠，紅衣插花上〕催花御史惜花天，檢點春工又一年。蘸[49]客傷心紅雨下，勾人懸夢彩雲邊。吾乃掌管南安府後花園花神是也。因杜知府小姐麗娘，與柳夢梅秀才，後日有姻緣之分。杜小姐遊春感傷，致使柳秀才入夢。咱花神專掌惜玉憐香，竟來保護他，要他雲雨十分歡幸也。

【鮑老催】〔末〕單則是混陽蒸變，看他似蟲兒般蠢動把風情煽。一般兒嬌凝翠綻魂兒顫。這是景上緣，想內成，因中見。呀，淫邪展污[50]了花臺殿。咱待拈片落花兒驚醒他。〔向鬼門[51]丟花介〕他夢酣春透了怎留連？拈

花閃碎的紅如片。秀才才到的半夢兒，夢畢之時，好送杜小姐仍歸香閣。吾神去也。〔下〕

【山桃紅】〔生、旦攜手上〕〔生〕這一霎天留人便，草藉花眠。小姐可好？〔旦低頭介〕〔生〕則把雲鬟點，紅鬆翠偏。小姐休忘了呵，見了你緊相偎，慢廝連，恨不得肉兒般團成了片，逗的個日下胭脂雨上鮮。〔旦〕秀才，你可去呵？〔合〕是那處曾相見，相看儼然，早難道這好處相逢無一言？〔生〕姐姐，你身子乏了，將息，將息。〔送旦依前作睡介〕〔輕拍旦介〕姐姐，俺去了。〔作回顧介〕姐姐，你可十分將息，我再來瞧你那。行來春色三分雨，睡去巫山一片雲。〔下〕〔旦作驚醒，低叫介〕秀才，秀才，你去了也？〔又作癡睡介〕

（下略）

註釋

1　齣：戲劇的一幕。齣（chū），粵音出。
2　湯顯祖：字義仍（1550-1616），號海若、又號若士，自署清遠道人，別號玉茗堂主人，明代江西臨川（今屬江西撫州）人。著名戲劇家、文學家，所著《玉茗堂四夢》為明代戲劇重要作品，其中《牡丹亭》為其代表作。
3　囀：鳥鳴。

4　**亂煞年光遍**：繚亂的春光到處都是。

5　**沉煙**：點燃沉香散發的煙。沉香，又稱沉水香，薰用的香料。

6　**恁**：這樣。

7　**梅關**：位於大庾嶺東段梅嶺頂，建於宋代嘉祐年間。大庾嶺位於廣東和江西之間，在本劇故事發生地江西省南安府的南面。

8　**宿妝**：隔夜的殘妝。

9　**宜春髻子**：相傳立春那天，婦女剪彩紙作燕子狀，戴在髻上，上貼「宜春」二字。見《荊楚歲時記》。

10　**憑闌**：同「憑欄」，倚着欄杆。

11　**分付**：同「吩咐」。

12　**雲髻罷梳還對鏡，羅衣欲換更添香**：薛逢詩《宮詞》中的兩句，見《全唐詩》卷五百四十八。

13　**裊晴絲**：裊，搖曳、擺動。晴絲，遊絲，蟲類所吐的絲縷，常在空中飄遊，在春天晴朗的日子最易看見。裊（niǎo），粵音鳥。

14　**花鈿**：用金翠珠寶製成的花形首飾。

15　**沒揣菱花**：沒揣，不意，沒料到。菱花，鏡子。古時銅鏡背面所鑄花紋一般為菱花，因此稱「菱花鏡」，或用「菱花」作鏡子的代稱。揣（chuǎi），粵音娶。

16　**迤逗的彩雲偏**：迤逗，引惹，挑逗。彩雲，堆疊起來的頭髮的美稱。連上句的意思是，想不到鏡子偷偷地照見了自己，害得（迤逗的）她羞答答地把髮髻也弄歪了。迤逗（yǐ dòu），粵音以豆。

17　**介**：戲曲術語。南戲、傳奇劇本裏關於動作、表情、效果等的舞臺指示。相當於雜劇裏的「科」。

18　**翠生生出落的裙衫兒茜**：翠生生，極言彩色鮮豔。出落的，顯出、襯托出。茜，茜紅色。

19　**花簪八寶填**：鑲嵌着多種寶石的簪子。

20　**愛好是天然**：愛好，猶言愛美。天然，天性使然。現在浙江還有這樣的方言。

21　**三春好處**：比喻自己的青春美貌。

22　**沉魚落雁**：小説戲曲中用來形容女人的美貌。意思説，魚見她的美色，自愧不如而下沉；雁則為看她的美色而停落下來。

23　**惜花疼煞小金鈴**：《開元天寶遺事》：「天寶初，甯王……於後園中紉紅絲為繩，密綴金鈴，掣於花梢之上。每有鳥鵲翔集，則令園吏置令索以掣之。蓋惜花之故也。」為惜花常常掣鈴，連小金鈴都被拉得疼煞了。

24 **姹紫嫣紅**：形容花開得鮮豔嬌美。

25 **錦屏人**：深閨中人。錦屏，比喻女子的閨房。

26 **忒**：過分。忒（tè），粵音剔。

27 **韶光**：美好的光景。

28 **啼紅了杜鵑**：開遍了紅色的杜鵑花。啼紅，指杜鵑（鳥）泣血的典故。

29 **荼蘼**：花名，晚春時開放。荼蘼（tú mí），粵音途眉。

30 **觀之不足**：看不厭。

31 **纏**：留戀。

32 **映山紫**：映山紅（杜鵑紅）的一種。

33 **宜春面**：梳有宜春髻的臉容。常以借指少女的青春容貌。

34 **年已二八**：已經十六歲。

35 **折桂**：晉代郤詵曾以「桂林之一枝」對晉武帝比喻自己舉賢良對策的才能，為天下第一。後人於是以「折桂」比喻科舉及第。

36 **蟾宮之客**：對科舉及第新進士的美稱。蟾宮，月亮。相傳月宮有桂樹，蟾宮折桂指科舉及第。

37 **韓夫人得遇于郎**：唐人傳奇故事，唐僖宗時，宮女韓氏以紅葉題詩，從御溝中流出，被于佑拾到。于佑也以紅葉題詩，投入上流，寄給韓氏。後來兩人結為夫婦。見《青瑣高議》前集卷五《流紅記》。

38 **張生偶逢崔氏**：即張生和崔鶯鶯的愛情故事，見唐元稹《會真記》。王實甫《西廂記》演的就是這個故事。下文說的《崔徽傳》是另外一個故事，見《麗情集》：妓女崔徽和裴敬中相愛，分別之後不再相見。崔徽請畫工畫了一幅像，託人帶給敬中說：「崔徽一旦不及卷中人，徽且為郎死矣！」這裏《崔徽傳》疑是《西廂記》的筆誤。

39 **偷期**：幽會。

40 **得成秦晉**：得成夫婦。春秋時代，秦、晉兩國世代聯姻，後世稱聯姻為「秦晉之好」。

41 **及笄**：古代女子十五歲開始以笄（簪）束髮，叫及笄。意指女子已成年，到了婚配的年齡。笄（jī），粵音雞。

42 **沒亂裏**：形容心緒很亂。

43 **靦腆**：害羞。

44 **淹煎，潑殘生**：淹煎，受熬煎，遭磨折。潑殘生，苦命兒。潑，表示厭惡，原是罵人的話。

45 **隱几**：靠着几案。

46 **阮肇到天台**：見到愛人。用劉晨和阮肇在天台山桃源洞遇到仙女的故事。

47 **是答兒**：到處。是，凡。

48 **一晌**：一會兒。

49 **蘸**：指紅雨（落花）灑在人的身上。蘸（zhàn），粵音湛。

50 **展污**：沾污、弄髒。

51 **鬼門**：一作「古門」，戲台上演員的上、下場門。

導讀

元朝國祚不足一百年。朱元璋驅逐胡虜，復興漢室，建立明朝。他與繼任的永樂大帝本欲有一番作為，但自他們之後的皇帝昏庸無能，權臣爭鬥不斷，朝政腐敗不堪。從人文角度看，明代是一個奇怪的朝代，正統文學無甚可為，民間文學卻大放異彩。可能因為讀書人循正途難有一展所長機會，也容易招惹文字獄之災，便把心力才智寄託於消閒文學；一腔怨氣，也只能在小說戲曲中抒發。另一方面，明代又是封建禮教被推到極致的年代，女性受到的桎梏最為嚴重；三從四德、纏小腳、貞節牌坊等，在這朝代最受推崇。諷刺的是，明代小說戲曲中的女性不少極為開放大膽，像《金瓶梅》、《水滸傳》、《三言二拍》中的各式女性，似乎當時的上層貴族和下層民眾在觀念和行為上有極大的落差。

秉承元代戲曲的大放異彩，戲曲在明代有長足的發展。元代關漢卿等人的雜劇是北方的戲曲，以北曲和北方語言演唱。當時南方也有以當地曲調和語言演唱的戲曲，稱為「南戲」。這種南方戲曲在明代得到更大的發展，成為獨樹一幟的文學體裁，稱為「傳奇」。

從《竇娥冤‧法場》和《牡丹亭‧驚夢》，我們可以看到元雜劇和明傳奇在體式上的不同。元雜劇通常是一本四折加一楔子，明傳奇的每一幕稱為「齣」，並無定數，短的十齣以下，長的可至一百齣以上。元雜劇用北曲，每一折用同一宮調的若干曲牌，一韻到底，不能換韻；而且一般只由一個主角演唱，其他角色只有說白。明傳奇用南曲，格式比較自由，一齣戲中可以轉換宮調，各曲也可以換韻，而且各個角色都可以演唱，形式多樣，有分唱、合唱，接唱等。

明代的著名戲劇家輩出，他們創立了不同的腔調和派系，其中最廣為人知的有湯顯祖。湯顯祖滿腹才華，但像當時眾多文人一樣，無法抒展抱負，只做過幾任小官，又受到打壓，便棄官回鄉，專事創作。他的著名戲劇作品有《玉茗堂四夢》，《牡丹亭》是其中最有名的一部，又名《還魂記》。《牡丹亭》搬演的是貴族小姐杜麗娘因情而夢，由夢而死，死而復生，與夢中人終成眷屬的故事。南宋時南安太守杜寶的獨生女杜麗娘嫻靜嬌美，家教森嚴，連後花園都不許去。一天麗娘與侍女春香私出遊園，觸景生情，因感成夢，夢中與書生柳夢梅相會於牡丹亭。她醒後相思成疾，憂鬱而死，葬在牡丹亭旁梅樹之下。麗娘遊魂在地府得到判官的同情，放她回陽間尋覓所愛。三年後，果然有一名書生柳夢梅來到南安，寄住在已改成道觀的杜府。他拾得麗娘的自畫像，心生愛慕。麗娘的幽魂顯現，向夢梅表白了愛慕之情，並教他掘開自己的墳墓，她便可以重生。麗娘復活以後，兩人同往淮安求麗娘父母許婚。杜寶不信死人可以回生，認為夢梅私掘女墳，是盜墓賊人，把他拷打羈押。幸得夢梅此時已被欽定為狀元，麗娘並登朝申訴，得皇帝恩

准，闔家團圓。

　　《牡丹亭》全劇共五十五齣，這裏選的是第十齣《驚夢》，是其中最著名的選段，在現今舞台上仍經常演出，名為《遊園驚夢》。這一齣所寫的是杜麗娘在侍女春香的慫恿下，到從未去過的後花園遊玩。她看到花園的景致，卻不免觸景生情，感傷自己韶華將逝，未成佳配。回到書房後，她做了一個夢，夢到一個書生向她求愛，並帶她到花園牡丹亭畔幽歡。歡好之際，綺夢忽然驚醒，麗娘被母親叫醒，並被勸戒不要再到花園。《驚夢》一齣在全劇佔的位置非常重要，是杜麗娘的人生轉捩點。她幼承庭訓，三步不出閨門，只是聽從父母的安排，學習做個大家閨秀，將來嫁得好人家。一個十六歲的少女，總免不了青春的衝動，尤其讀了《詩經‧關雎》的「窈窕淑女，君子好逑」，更按捺不了春心蕩漾；但礙於禮教，這種渴求不能表達出來，只能藏於心中。這次私遊花園，既是她在實際行動上踏出了閨門，也代表她的心窗也敞開了，要見識外面的天地。現實生活中既不可踰越禮教，作者便安排這位宦門閨秀在夢中做出大膽的行為；會見陌生男子已是當時禮教所不容，麗娘在夢中與男子幽歡，更是罪無可恕的越軌行為。麗娘就是因為這個夢，傷情而死，後來又因為柳夢梅的愛而復生，成就了一段驚天動地的愛情，也觸動了無數渴望追求自由的男女的心扉。這一齣所寫是杜麗娘的青春覺醒，這次遊園和驚夢是她反抗束縛和追求自由的叛逆之路的開始。

　　《驚夢》的文詞十分優美，婉轉典雅，意味深長，是歷來為人稱道的佳作。《驚夢》共有十二支曲，分為兩大部分；從【繞池遊】

至【隔尾】六支曲是「遊園」部分;【山坡羊】至【尾聲】六支曲是「驚夢」部分。這裏節選至【山桃紅】麗娘夢醒為止。「遊園」前三支曲寫麗娘遊園之前整妝的過程和心理活動。【繞池遊】一曲寫麗娘對深閨寂寞生活的厭倦,以及春光撩人以至春心蕩漾的心態。最後一句說:「為甚麼今年對春天的關心嚮往,比去年更為殷切?」明顯是她的心已有變化了。【步步嬌】寫麗娘對鏡梳妝並刻畫她的心境,十分生動精彩。「裊晴絲吹來閑庭院,搖漾春如線」表面寫在晴天下看到昆蟲所吐的細絲飄入庭院,而「晴絲」是「情思」的諧音,暗指自己有情思飄忽纏繞,春心蕩漾。這裏用擬人法寫鏡子(菱花)照見自己,像是偷了人的半面,怕是連自己的心中情思也被它偷窺了,害得她覷睄之間把雲髻弄歪了。【醉扶歸】寫麗娘梳妝完畢後顧影自憐。「可知我一生兒愛好是天然」指自己一生愛美是天性,這也是眾多少女的自然本性,不應被埋沒。可惜「恰三春好處無人見」,縱有沉魚落雁之容,閉月羞花之貌也無人欣賞。

「遊園」後三支曲主要寫麗娘遊園中的所見所感,由麗娘一句「不到園林,怎知春色如許」展開。【皂羅袍】是全劇最廣為人知,並受到擊節讚賞的經典名曲。前四句寫花園中繁花盛放,景致迷人,但並沒有人遊賞,設施荒廢失修。「姹紫嫣紅開遍」與「斷井頹垣」成了鮮明的對比,前者象徵麗娘青春的生命,後者象徵陰冷孤獨的生活環境;自己的青春美麗埋沒在深閨之中,只能徒歎奈何!下面兩句「良辰美景奈何天,賞心樂事誰家院」就是抒發這種無奈心情,縱有良辰美景,但賞心樂事卻不知何處可尋。接下來的合唱再描述花園美景(以遠景為主),但深閨內的「錦屏人」眼中的美好春光

卻無甚價值。【好姐姐】一曲寫她們所見近景，盛開的花有杜鵑和荼蘼，但花中之王的牡丹卻仍未開，這牡丹其實也象徵麗娘自己。園中鶯兒燕兒成雙成對，也使麗娘觸景傷情，慨歎自己的孤單。因此，春香雖說這園中仍有很多未看景致，但麗娘已不想再看，以【隔尾】的「便賞遍了十二亭臺是枉然，到不如興盡回家閑過遣」結束了這次遊園。

　　麗娘遊園本來是為消愁解悶，但花園的春光美景卻觸動了她對自己青春生命的哀怨，更添愁悶，無法排遣。這段「遊園」在人物塑造和景物描寫方面十分成功。作者把人物的心態和她置身的景物結合起來，通過人物的眼睛去看景，景物就反映了人物的思緒和感情，可謂情中有景，景中有情，「情景交融」的手法運用得淋漓盡致。

　　麗娘與春香回到書房，春香離開後展開「驚夢」部分。麗娘在獨白部分交待自己「因春感情」：「吾生於宦族，長在名門。年已及笄，不得早成佳配，誠為虛度青春，光陰如過隙耳。」接着的【山坡羊】便是以唱詞演繹這種難以排遣的「春情」和「幽怨」。下面寫她開始進入夢境，遇到手持柳枝的書生，三支曲的內容十分大膽。柳生所唱【山桃紅】的「則為你如花美眷，似水流年，是答兒閑尋遍。在幽閨自憐。」曾觸動萬千少女的心：縱使青春少艾，貌美如花，年華轉瞬即逝，誰來愛惜？接着柳生便把小姐拉到一邊，寬衣解帶，歡好一番。這些唱詞非常露骨大膽，在今天看來仍是「兒童不宜」的尺度。這種描寫與之前幾齣所寫要麗娘恪守閨訓成了強烈的對比，相對「遊園」的傷春淹悶卻是一種大解放。夢裏的杜麗娘

可以完全豁出去，不必理會父母、老師的訓示，甚至心中道德的規範。可惜好夢苦短，她很快便被母親的呼喚驚醒了。

湯顯祖在《牡丹亭》題詞裏面寫道：「如麗娘者，乃可謂之有情人耳。情不知所起，一往而深。生者可以死，死可以生。生而不可與死，死而不可復生者，皆非情之至也。」明代程朱理學盛行，道學家認為要「存天理，滅人欲」；湯顯祖卻認為「情」才是人世最可貴的，男女之情是屬於自然本性的追求，不應以禮教窒礙。在《牡丹亭》一劇中，「情」與「理」的矛盾衝突貫串全劇，作者歌頌了「情」並賦予其超越生死的神奇力量，貶斥了使人窒息的道德規範。這套劇在當時已引起廣大讀者和觀眾的共鳴，尤其正被禮教枷鎖束縛得透不過氣來的一眾婦女，更對此劇愛不釋手。今天雖然已沒有限制女子三步不出閨門的封建禮教，但我們仍常被一些固有規範窒礙思想，甚至麻木不仁。湯顯祖的打破規範、推崇真情的舉措，很值得我們學習。